턱걸이를 했는데 배가 겁나 당긴다

청춘문고

방금 턱걸이를 했다.
여전히 배가 겁나 당긴다.
익숙해질 때도 되었건만.

다시 차가운 철봉에 매달리며 생각했다.
사는 것도 턱걸이와 비슷하다고.

목차

1부

망치를
들고
다니는
사람들

쓸모를 발견하기 위해
혹은 자신을 보호하기 위해

언젠가부터 가방 안에 망치를 넣어 다닌다.
그 무게를 꾸역꾸역 감당하면서

고꾸라지는 우리

"이 개 같은 세상. 내일 다 멸망해 버려라. 오늘 먹고 죽자."

술에 취한 '윤'이 울분을 토하며 말했다. 요즘 우리는 심하다 싶을 정도로 자주 고꾸라졌다.

'윤'은 얼마 전 6개월 동안 밤낮으로 고생한 프로젝트를 잘 마무리하고, 마지막 단계인 견적서 작성에서 숫자를 잘못 기입하는 바람에 계약이 취소되는 실수를 저질렀다. 그날 뭐에 홀렸는지 평소라면 절대 하지 않을 실수였단다. 그녀는 일시적으로 모든 프로젝트에서 제외되었고, 회사에서 지금까지 쌓아 온 신뢰와 명성이 한 번에 무너졌다.

거기다가 엎친 데 덮친 격으로 이번 프로젝트를 진행하면서 애인에게 소홀히 하는 바람에 아슬아슬했던 관계마저 끝나 버렸다.

　단 한 번의 삐끗으로 모든 것이 무너진 그녀였다.
　우리는 온갖 고통을 버티며 최선을 다해 살아가
지만, 현실은 단 한 번의 실패를 봐주지 않았다. 그리
고 동료들은 마치 기다린 것처럼 타인의 실패에 달
려들었다. 그렇게 무참히 물어뜯기고 나면 우리는
그대로 바닥에 고꾸라져 버린다. 단 한 번의 실패도
용서되지 않는 냉혹한 현실을 버티기에 우리는 너무
도 연약한 존재다. 만약 실패에도 관용이 있다면 그
관용을 버팀목 삼아 일어날 용기가 생겼을지도 모
른다.

　"아씨, 내일 세상이 멸망했으면 좋…."

　유언을 남기듯 마지막 말을 잇지 못하고 '윤'은
그대로 테이블 위에 뻗어 버렸다.
　세상의 멸망을 원하는 유서를 품에 안은 채 뻗어
버린 '윤'을 간신히 집으로 돌려보냈다. 그녀가 다

잊고 괜찮아졌으면 좋겠지만, 오늘의 원망을 영양분 삼아 내일은 절망의 생명으로 다시 태어나겠지. 그리고 차가운 절망에 또 넘어지겠지.

하지만 나는 이것이 우리의 '보통의 삶'일지도 모르겠다는 생각이 들었다. 갑자기 몸이 시리다. 옷깃을 여미며 집에 돌아오니 부모님과 복돌이는 안방에서 TV를 보고 있었다. 나는 그들 사이로 슬그머니 파고들어 차가워진 몸을 녹인다. 복돌이가 내 손을 혀로 핥는다.

이렇게 오늘은 조금 고꾸라져 있어야겠다.

그리움을 대하는 방법

가끔 아빠 손에 새겨진 희미한 이빨 자국을 보면 산이가 생각난다.

산이는 갈색 믹스견이다. 그는 아주 작은 소리에도 사납게 짖었다. 겁이 많은 건지, 경계심이 심한 건지, 아니면 습관적으로 짖는 건지 알 수가 없다. 그런 산이가 세 살이 되었을 때, 아빠와 공원 산책을 하고 집으로 돌아오는 길에 교통사고를 당했다. 아빠가 산이의 변을 치우고 있는 찰나에 도로로 뛰쳐나갔단다. 나는 퇴근길에 그 소식을 듣고 집 앞 동물병원으로 허겁지겁 달려가며 기도했다.

'제발 살아만 있어 줘. 제발 살아만 있어 줘.'

기도가 부족했던 것일까. 동물병원에 도착했을 때 산이는 이미 이 세상의 존재가 아니었다. 산이의 몸에 손을 대니 여전히 따뜻한 체온이 느껴져 죽었다는 사실이 실감 나지 않았다.

엄마는 눈을 뜬 채 죽어 있는 산이의 눈꺼풀을 계속 쓰다듬었다. 자꾸 떠지는 눈을 감겨 주려고 했던 것 같다. 그 모습을 본 의사 선생은 무심하게 말했다.

"개들은 눈 뜬 채 죽습니다."

뒤에 서 있던 아빠 손바닥에는 검붉은 피가 굳어 있었다. 본인 피와 산이 피가 섞인 채로. 산이를 병원에 데려가기 위해 껴안는 순간, 고통을 이기지 못하고 아빠의 손을 물었단다. 아직도 아빠의 손에는 산이의 이빨 자국이 고스란히 남아 있다.

삼 년이 지난 현재,

"산이는 상추도 잘 먹는데, 복돌이는 어쩜 고기만 먹으려고 하는지."

"산이는 우리가 잘 때 건들지도 않는데, 복돌이
는 어찌나 귀찮게 구는지."

엄마는 복돌이와 산이를 자주 비교한다. 복돌이
는 산이가 죽은 후 우리 집에 온 흰색 포메라니안이
다. 평소에 잘 짖지도 않고 얌전한 편이지만 본인이
심심할 땐 내 손을 하염없이 긁으며 놀아 달라고 하
는 세상 귀찮은 놈이다. 이름을 촌스럽게 지으면 오
래 산다고 해 그놈은 '복돌이'가 되었다.
오늘도 자꾸만 복돌이와 산이를 비교하는 엄마
에게,

"산이랑 비교 좀 그만해."
"복돌이를 보면 죽은 산이가 생각나는 걸 어떡해."
"생각한다고 산이가 돌아오나."
"이렇게라도 기억하는 거지."

사실 엄마는 복돌이가 산이보다 못나서 비교하
는 것이 아니었다. 산이를 그리워하는 하나의 방법

일 뿐. 반면 아빠는 가끔 술에 취해 산이 사진을 보며 잠들곤 한다. 맨 정신으로는 도저히 볼 용기가 안 나기 때문이다. 그리고 나는 산이를 기억하지 않으려 애쓴다. 돌아올 수 없다는 사실이 가슴을 더 먹먹하게 만들기 때문이다.

오랫동안 그리움에 빠져 있으면 생활이 힘들 정도로 삶이 흔들린다. 더 잘해 주지 못했다는 후회와 상실이 나를 짓누르기 때문이다. 그래서 우리는 각자 그리움을 대처하는 방법이 필요한 것인지도 모르겠다. 내가 산이가 떠오를 때마다 슬퍼질 걸 대비해 기억을 잠그듯이 말이다.

최선을 다해
외면하거나 혹은 아파하거나

오늘도 웃음이 얼어 버릴 정도로 추운 날이다. 이런 날씨에 친구를 만나기로 하다니. 후회했지만 이미 일찍 나온 나는, 추위를 피하고자 근처 서점으로 들어갔다.

서점에 가면 가끔 하는 행동이 있다. 책 모서리에 코를 가까이 대고 엄지손가락으로 드르륵 책장을 넘기며 종이 특유의 냄새를 맡는 것. 오늘도 어김없이 냄새를 맡으며 책을 펼치다 그만, 종이에 윗입술을 베여 버렸다. 겨울철 건조해진 입술 때문인지 살짝 베였는데도 꽤 쓰라렸다. 종이에 손가락은 베여 봤지만, 입술이 베일 확률은 얼마나 될까?

친구가 오자마자 나는 들떠 말했다.

"나 종이에 입술 베였다. 신기하지?"

18

"어쩌다가?"

"종이 냄새 맡다가."

"미친, 별짓을 다 한다."

우리는 근처 술집으로 자리를 옮겼다. 얼마 전
여자에게 차인 친구의 비극적 러브스토리가 웃겨 계
속 웃음이 나왔다. 그런데 웃을 때마다 내 표정이 갈
라졌다. 아까 입술에 난 상처가 쓰라렸기 때문이다.
궁여지책으로 소주를 살짝 입술에 대 보지만 더 따
가워질 뿐이다. 나는 상처가 안 벌어지게 입술을 최
대한 오므리며 웃었다.

"오호 오호호."

"너 뭐 하냐?"

"입술이 아파서 제대로 못 웃겠어."

"그래에에에?"

갑자기 사악한 표정으로 바뀐 친구는 내 입술을
아주 완벽히 찢기로 작정했는지 이상하게 웃는 내

표정을 따라 하며 웃기기 시작했다

"야, 하지 마! 오호 호호 하하학 악!"

긴장을 늦추고 자지러지게 웃다가 상처가 확 벌어졌다. 피가 흐르고 눈물이 찔끔 났다. 친구를 저주하며 소주로 다시 소독했다. 하지만 시간이 지나면서 더 이상 고통이 느껴지지 않았다. 취했기 때문일까? 아니면 피가 났기 때문일까? 드디어 입술이 자유를 얻었다.

살다 보면 입술뿐 아니라 마음에도 자잘한 상처가 생기곤 한다.

친구의 서운한 말 한마디, 상사의 꾸중, 애인의 무관심 등 이런 작은 상처 앞에서 어떻게 해야 할지 몰라 우물쭈물할 때가 있다. 아파하기에는 조금 오버인 것 같고, 안 아픈 척하기에는 사실 어딘가 좀 아프고.

이런 상처 앞에서 나는 '아파하기'와 '외면하기' 중 늘 후자를 택했다. 최선을 다해 외면하면 자연스럽게 치유될 줄 알았다. 그런데 아니었다. 오랫동안 마음 어딘가가 계속 찝찝하고 쓰라렸다. 그러다 긴장을 늦추면 상처는 곧 다시 찢어졌다. 이 과정이 반복되자 나중에는 상처가 곪아 버렸다.

하지만 이렇게 오늘처럼 상처를 마주하고 제대로 아파하니 고통에서 벗어날 수 있었다. 회복도 빨랐다. 며칠 뒤 나는 책장을 넘기다 또 같은 곳에 상처가 났다.

얼마나 아플지 이제는 알고 있다. 마음이 편해졌다.

망치를 들고 다니는 여자

그녀는 핸드백에 망치를 넣고 다닌다.

그 사실은 그녀와 세 번째 만남에서 알게 되었다. 함께 식사를 마치고 계산하는데 그녀가 잠깐 화장실에 다녀온다며 내게 핸드백을 맡겼다. 아무 생각 없이 받아 든 그녀의 핸드백은 무척 무거웠다. '원래 여자 핸드백이 이렇게 무겁나?' 종종 다른 여자 핸드백을 들어 봤지만 이 정도로 무겁긴 또 처음이다.

선술집으로 장소를 옮겨 이런저런 이야기를 하다 문득 그녀의 무거운 핸드백이 생각났다.

"그런데 왜 그렇게 핸드백이 무거워요?"
"네?"

"아니, 아까 가방이 엄청 무겁던데요."

"아, 망치 때문에 그런가?"

"망치요?"

"네, 호신용이에요. 요즘 세상이 무섭잖아요."

"아, 그런데 왜 하필 무겁게 망치예요? 호신용 스프레이도 있고, 전기 충격기도 있는데."

"그냥 더 안심이 돼요. 듬직해 보이기도 하고."

이야기를 들어 보니 그녀가 처음부터 망치를 들고 다닌 건 아니었다. 삼 년 전 작은 회사에서 아르바이트를 했는데 상사가 귀엽다며 그녀의 신체 부위를 슬쩍 터치했고, 기분 나쁜 표정을 지으며 그만하라고 말했지만 실수인 척 상사는 같은 행동을 반복했단다. 그러던 어느 날 퇴근 후 상사가 자신의 집까지 따라오며 강제 추행을 하려는 순간 전봇대 옆에 버려진 쓰레기봉지들 사이에서 녹슨 망치를 발견해 곧바로 집어 상사를 향해 높이 쳐들었고, 그 후로 상사는 그녀 곁에 얼씬도 하지 않았다고 한다. 그래서 그때부터 망치를 부적처럼 들고 다니는 거라며 그녀는 담담히 말했다.

앞으로 그녀가 이 무게를 감당하며 살아가야 한
다는 사실에 마음이 쓰였다. 내가 무게를 같이 나눠
들어 준다고 해도. 아마 어딘가에서 그녀를 또 무겁
게 만드는 간악무도한 자를 만날 수도 있겠지.

"이제 슬슬 가요. 더 늦기 전에 데려다줄게요."

사실 그날 그녀에게 어떤 말을 건네야 할지 잘
몰랐다. 어설픈 위로가 될까 봐. 그래서 그저 그녀와
어두운 밤길을 함께 걸어 주었다. 언젠가 그런 부적
없이도 마음 편히 돌아다닐 수 있기를 바라며.

그 시절의 우리

인터넷 기사를 보며 가십 거리를 떠드는 '태', SNS를 하며 타인의 여행을 부러워하는 '희', 심각하게 애인과 문자를 주고받는 '윤'. 그리고 그런 그들과 섞이지 못하는 나.

나는 같은 곳에서 각자만의 공간이 있는 것 같은 이 분위기가 지루해 소주 한잔을 털어 넣고 창밖으로 시선을 돌렸다. 때마침 횡단보도에서 신호를 기다리고 있는 외국인이 보였다. 일행과 대화를 하면서 유쾌하게 몸을 흔드는 그 남자를 보니 저절로 미소가 지어졌다.

문득 사하라 사막의 여행이 떠올랐다. 아프리카 사하라 사막의 밤은 다양한 언어들이 모이는 시간이다. 낮에는 어딘가로 뿔뿔이 흩어졌다가 밤이 되면 사막 한가운데에 있는 야영장으로 모인다. 한국어, 아랍어, 영어, 불어, 그리고 알 수 없는 언어들.

세계 각지의 이방인들이 모여 음식을 나눠 먹고 노래를 부르고 춤을 추며 웃고 떠든다. 서로 말이 통하지 않지만 짧은 영어 단어와 몸짓을 써 가며 대화를 한다. 때론 그 몸짓이 춤이 되기도 하고 춤은 또 다른 응원이 되기도 한다. 그때 우리는 분명 연결되어 있었다.

요즘은 사람들과 대화할 때면 이야기가 겉돌곤 한다. 한데 섞이지 못하는 기분이랄까? 뻔한 안부 그리고 의무적인 이야기들. 대화에서 가장 중요한 것은 정성껏 듣기라고 하던데, 다들 정성껏 딴생각만 하니 시간이 지나 돌아보면 무슨 말을 했는지 기억이 잘 나지 않는다.

예전에 우리는 시답지 않은 이야기에도 깔깔거리며 웃고, 나약함에 공감하고, 그러다 잠들기 전이면 그날 했던 이야기들이 생각나 피식 웃던 시절이 있었다. 그때는 애정, 관심, 진솔함, 따뜻함이란 단어가 오그라든다며 대놓고 말하지 않았지만 그래도 무심한 척 서로에게 애정과 관심을 쏟았다. 갑자기 그때가 그리웠다. 나도 변한 거 같아 미안하기도 했다. 나 먼저 '그 시절의 우리'가 되어 주고 싶었다.

"윤아, 요즘 애인이랑은 어때?"
"그러게, 너희들 권태기라며?"
"야, 미치겠다니까. 내 말 좀 들어 봐. 그러니까…."

그날 우리는 서로에게 진짜 애정을 쏟으며 나약함을 드러내기도 하고, 시답지 않은 이야기를 나누며 자지러지게 웃기도 했다. 오랜만에 소주가 달았다.

나는 나의 바깥에 서 있고

타인의 여행, 타인의 과거, 타인의 사랑과 이별.
자신의 이야기가 아닌 타인의 삶만 이야기하는
우리.

언제부턴가 나약함을 드러내지 않기 위해
나의 이야기를 하지 않는다.
나를 감추고 타인에게만 시선을 기울인다.
그러다 보니 내 존재는 희미해지고,
자꾸만 나는 나의 바깥에 서 있게 된다.

말의 공간

　가로 2.5m, 세로 3m, 높이 2.1m의 공간. 사방이 하얀 페인트로 칠해져 어딘가 차갑게 느껴진다. 방으로 쓰기에는 약간 좁지만 여덟 명이 앉아 이야기하기에는 적당하다. 이곳에서 그들의 이야기가 시작되면, 공간은 어느새 '말'로 가득 채워진다. 이른바 '말의 공간'이 된다. 그리고 솔직한 말들은 감정이 되어 우리에게 닿는다. 그런 감정이 모여 '마음의 공간'이 된다.

우리의 문신

민주는 반갑게 손을 흔들며 다가왔다. 그런데 그녀의 왼쪽 손목에는 하얀 붕대가 감겨 있었다. 옅은 핏자국이 스며든. 설마, 온갖 나쁜 생각이 스쳤고 인사를 하는 둥 마는 둥 하며 급하게 그녀의 손목 안부부터 물었다.

"민주야, 너 손목이 왜 그래?"
"아, 문신 지웠어."
"아씨, 뭐야."
"그리고 민주 아니야. 나 이제 희영이야."

민주 아니 희영은 요즘 일이 잘 안 풀려 얼마 전 개명을 했다. 그런데 그녀의 왼쪽 손목에는 진한 궁서체로 개명 전 이름이 새겨져 있다. 그녀를 대변하

는 듯 문신은 한 획 한 획 굵고 진했다. 개명을 해 인
생을 새롭게 시작하고 싶었지만 손목에 새겨진 개명
전 이름이 그녀의 결심에 예상치 못한 걸림돌이 된
것이다.

"완전히 지워진 거야?"

"아니, 한 번에 안 끝난대. 그리고 몇 번을 해도
완전히 안 지워진대."

"그럼 어떡해?"

"그냥 두기로 했어. 지울 때 엄청 아프기도 하고."

그렇게 말하며 그녀는 말을 이었다. 과거의 자신
을 억지로 지우려는 것 같아 죄책감이 든다고. 그래
도 역경 속에서 잘 버텼던 고마운 나인데. 그러니 완
전히 지우기보다는 과거의 자신을 기억하며 더 잘살
아 보겠다고 했다. 왜 현재가 너무 힘들면 사랑했던
이의 묘에 가서 마음의 위안을 얻는다고 하지 않는가.

나는 민주를 다시 만날 수는 없지만, 희영에게
그동안 고생했다며 위로의 한마디를 건넸다.

"고생했다. 앞으로도 고생해라."

현재의 아슬아슬함을 버티게 하는 건
지나온 아슬아슬함이었다.

핑계의 정당화

어렸을 때부터 호흡기 질환인 천식을 앓아 왔다. 낮에는 별 증상이 없다가도 이상하게 밤만 되면 약속이나 한 듯 숨이 차기 시작했다. 이런 상황이 오래되다 보니 자다가 숨이 막혀 죽는 건 아닌지 매일 밤 겁이 났다.

그런데 새집으로 이사 오고 나서 많이 나아진 걸 보면 곰팡이가 가득한 오래된 집이 문제가 아니었을까 생각된다. 하지만 천식은 완치가 없다. 특히 흡연은 기관지에 치명적이니 절대 하지 말라고 의사 선생은 신신당부했는데도 십 년째 담배를 피우고 있다. 부모님은 목숨을 담보로 담배를 피우는 거라며 아들의 흡연을 걱정한다.

그럼 왜 나는 이 모든 것을 감내하면서까지 담배를 피우는 걸까? 변명 좀 하자면 내게 주어지는 낯선 시간이 견디기 힘들어서다. 낯선 시간이란 혼자 있을 때의 공허함 혹은 타인과 있을 때의 어색함을 말한다.

　　혼자 있으면 밀려오는 외로움에 자꾸만 가슴에 뭔가를 채워 넣고 싶어진다. 그럴 때 담배 연기가 폐 안 가득히 들어오면 마치 누군가 마음에 들어오는 것처럼 위안이 된다.

　　또한 타인과 섞여 있는 시간을 어색해한다. 나는 낯을 많이 가리고 말주변이 없어 새로운 사람들과 있으면 무슨 말을 해야 할지 늘 고민이다. 억지로 꺼낸 말은 대화를 더 부자연스럽게 만드니 나는 더 입을 꾹 닫아 버린다. 그런데 우연히 그 사람들과 흡연실에서 만나면 왠지 어색함이 조금 누그러진다. 별말을 안 해도 편하다. 쌓이는 담뱃재만큼 가까워지는 기분이랄까?

오늘도 이렇게 나의 흡연을 정당화하며 낯선 시
간을 태워 버린다.

무너지는 것이 두려워

삶은 핑계라는 토대 위에 세워졌기 때문에
단단하지 않으면 균열이 생긴다.

만약 그 균열 사이로 적나라한 자신의 초라함을
보게 되면
삶은 서서히 금이 가고 한순간 무너진다.

무너지는 것이 두려운 우리는
오늘도 더 견고한 핑계를 쌓는다.

잘못된 인간이 되더라도

옳은 인간이 득시글거리는 집단에서 나는 도망쳤다. 자신이 옳다고 우기는 그들을 만날 때마다 나는 점점 희미해졌다.

그 인간들을 설명하자면 스스로가 너무 올바르기 때문에 자신처럼 살지 않으면 모두 잘못된 인간으로 취급했다. 너무 열심히 살면 왜 그렇게 아등바등 사냐고 비난하고, 잠깐이라도 집에서 뒹굴거리면 게으르다고 혐오하고, 내가 어떤 선택을 하면 그 선택에 간섭과 판단을 하며 어리석다 공격했다.

조금이라도 그들과 다른 생각을 하면 마치 불순물처럼 처리된 나는, 옳은 혀들 사이에서 잘못된 인간처럼 느껴졌다. 그래서 나의 가치관을 줄이고 그들의 그림자가 되었다.

그러던 어느 날 온종일 그들과 있다가 집에 들어와 녹초가 된 채 침대에 누웠다. 왼쪽으로 돌아보니 벽지에 다이아몬드 무늬가 보였다. 그 무늬는 잠을 자며 나도 모르게 비볐는지 아니면 세월 탓인지 형태가 희미했다.

문득 그 무늬가 나와 닮아 보였다. 보이지만 보이지 않는 존재. 희미한 다이아몬드 무늬를 보며 생각했다.

'그들에게서 도망쳐야 해.

비록 잘못된 인간이 되더라도.'

강박 인간

누구나 강박 하나쯤은 가지고 있다.

물론 강박의 종류는 사람마다 다르고 다양해서 분류가 쉽지 않다. 나 역시 심하지는 않지만 몇 가지 강박증을 갖고 있는데 예를 들면 일할 때 도면의 선 길이가 소수점이 안 되게 한다거나, 화장실 벽과 바닥 타일의 줄눈이 맞지 않으면 극도로 불안해한다거나. 하지만 이런 것들은 다음에 비하면 강박도 아닐 것이다.

나의 가장 심한 강박은 흠 없는 사람이 되어야 한다는 것이다. 늘 목표를 세우고 그 목표를 향해 달려가고 성장하고 무조건 타인보다 잘하고 그러면서도 사람들과 원만한 관계를 유지하고 싶은, 한마디로 완벽한 인간이 되고 싶다는 강박.

내게 실수는 용납되지 않았다. 나약함을 마주할 때면 상황을 더 극한으로 몰아 채찍질을 했다. 하지만 그럴수록 모든 것이 이상한 방향으로 흘렀다. 더 나은 인간이 되어야 하는데 문제만 가득한 인간이 되었다.

생각은 편협해지고 타인이 잘되면 시기 질투하고 내가 더 낫다며 잘난 척을 했다. 그렇게 나는 오만한 인간이 되었다. 이것을 깨달았을 땐 이미 내 주변에 아무도 없었다.

사실 강박은 나의 열등감에서 시작되었다.

열등감은 연약함에서 발현되었고, 연약함은 완벽을 추구하고 싶은 어두운 욕망에서 비롯되었다. 나의 존재는 점점 창피했고 자아는 한없이 흔들렸다. 힘을 낼수록 힘이 빠졌다. 몸 어딘가 구멍이 난 것 같았다. 사람들을 만나기가 두려웠고 무력감에 모든 것이 귀찮아졌다. 나의 모든 것이 멈춰 버렸다.

*

　저기, 어둠 속에서 쭈그려 앉아 울고 있는 아이
가 있다. 누군가 그 어둠을 꾸역꾸역 헤치고 가 그
아이를 안아 주며 말했다.

　"괜찮아. 그럴 수 있어. 원래 인간은 연약한 존재
여서 실수를 할 수밖에 없어. 대신 지금까지의 시간
을 기억하자."

　그렇게 꿈에서 깼다.
　이제야 침대에서 일어날 용기가 생겼다.

누구도 신경 쓰지 않는다

그는 나의 겨드랑이를 쳐다본다. 나는 안절부절 못하며 반팔 티셔츠의 소매를 아래로 끄집어 당겼다. 하지만 그는 여전히 나의 겨드랑이를 쳐다본다. 나는 불안해져서 그만 얼굴을 붉히며 물었다.

"내 겨드랑이에 있는 점 티 많이 나?"
"너 점 있었어?"

그가 되물었다. 그는 내 이십 년 지기 친구다. 내가 타인의 시선을 너무 의식하다 보니 나의 작은 단점까지 집착했던 걸까. 이렇게 잘 보이지 않는 겨드랑이 점까지도 말이다.

내가 아닌 나의 이야기

글이 잘 써지지 않는 날이면 이런 생각이 든다. 과거의 탐욕스럽고 자극적인 기억이 필요하다고. 그렇게 과거를 잊고 안정된 나를 갈구했건만 결국 어두운 욕망이 들끓는다. 아슬아슬했던 날들로 돌아가야 하나.

세 시간째 앉아 있다. 아직도 두 문장 이상 진도가 나가지 않는다. 이러길 꼬박 일주일째. 온종일 자리에 앉아 있었건만 시간이 무색하다. 노트북의 문서창은 커서만 깜빡거리고, 답답한 마음에 다시 옥스퍼드 노트로 손을 옮겨 단어를 썼다 지웠다 반복한다.

아무리 생각을 쥐어짜도 완결된 문장은 한 줄도 없다. 이제는 무슨 이야기를 쓰려 했는지도 모르겠다.

'어디서부터 잘못된 걸까?'

나의 재능을 의심한다. 하지만 도저히 재능 탓을 하고 싶지 않아, 아니 인정하고 싶지 않아 그것만큼은 외면한다. 나는 언제쯤 글을 잘 쓸 수 있을까. 잘 쓴다는 건 무엇일까. 조급한 마음에 다른 작가들의 글을 탐한다. 그리고 나의 글에 대입해 본다.

그러다 얼마 전 작가 링고를 만났던 일이 생각났다. 내가 보기에는 매일 방탕하게 노는 것 같은데 이틀에 한 번꼴로 글이 올라왔고, 그 글을 보면 그렇게 탐날 수가 없었다. 전문적으로 글을 배운 적도 없는데 말이다. 노하우라도 얻기 위해 은근슬쩍 물었다.

"너는 글을 어떻게 써?"
"글쎄. 그냥 생각나는 대로 쓰는데."
"생각나는 대로?"

그러기에는 링고의 글은 주제도 좋고 담백했다.

무엇보다 링고의 글에는 링고가 그대로 담겨 있었다. 누가 봐도 링고 그 자체였다. 저자 이름을 알려주지 않아도 그의 글이라고 예측할 수 있을 정도로.

그러고 나서 나의 글을 보니 내 글은 그저 욕심만 가득한, 내 것이 아닌 문장들 같았다. 잘 알지도 못하면서 어디서 들었을 법한 감정들, 근사해 보이려는 겉멋만 가득한 단어들.

내가 아닌 나의 이야기들.

욕심을 버렸다고 생각했건만 단어와 문장에는 여전히 욕심이 덕지덕지 붙어 있었다. 그러니 내가 아닌 것들부터 걸어 내야 했다. 문장 위에 내가 그대로 드러나도록.

위험한 글

가끔 나는 위험한 글을 쓴다.

타인에게 동정받기 위해 '나 불쌍하지 않아요? 나 좀 봐주세요.'라며 호소한다. 하지만 이것보다 더 위험한 글이 있다. 공감으로 포장하며 누군가를 동정하는 글. '불쌍해라, 힘내, 내일이면 괜찮아질 거야.'라며 상대를 딱하게 여긴다. 잘 알지도 못하면서.

반성한다.
나는 동정받을 필요도,
누군가를 동정할 권리도 없다.

2부

우리는
지극히
평범해서

그럼에도 불구하고 우리는 살아간다.

만족의 기준선은
저 우주에 있고

근육맨은 검은 민소매 차림으로 헐레벌떡 카페에 들어왔다. 도착하자마자 차가운 물을 벌컥벌컥 마시며 빨리 숨을 돌리려고 했지만, 한동안 숨이 가빠 보였다.

"왜 그래?"
"집에서 운동하느라 시간이 지난 지도 몰랐어. 그래서 집에서부터 뛰어왔어."

이어서 주정뱅이가 찡그린 얼굴로 카페에 들어와서는 똑같이 차가운 물을 벌컥벌컥 마시며 헛구역질을 한다.

"넌 또 왜 그래?"

"어제 모임을 했는데 3차까지 달렸어. 죽겠다."

"넌 맨날 모임이냐?"

"뭐, 하고 싶어서 하냐. 다 인맥 관리지."

내 허벅지만 한 팔뚝을 가진 근육맨은 항상 근육이 부족하다고 말하는 친구다. 그래서 그는 퇴근 후 매일 세 시간씩 운동을 한다. 내가 보기에는 근육을 그만 단련해도 될 거 같은데. 또한 주정뱅이는 일주일에 삼 일 이상 모임을 하지만 여전히 모임이 부족하다고 말하는 친구다. 심지어 일주일 내내 모임을 하는 이 친구의 목표는 결혼식 때 지인들이 버거울 정도로 많이 와 결혼사진을 세 번에 나눠서 찍는 거란다.

"너희들도 참 피곤하게 산다."

"야. 나는 글 쓰는 네 삶이 더 피곤해 보여. 이해가 안 돼."

"또 그 책은 뭐야? 엊그제는 다른 책이었던 거 같은데. 제대로 읽기는 하냐?"

"됐다. 우리 새삼스럽게 서로 이해하려고 하지 말자."

누가 친구 아니랄까 봐 서로 자신의 부족함을 채우느라 애쓰는 우리다. 분명 타인이 봤을 때 충분하다고 생각하는데도 말이다. 근육맨은 팔뚝에 더 단단한 근육을 채우고, 주정뱅이는 위에 쓴 술과 함께 사람을 채워 넣는다.

나는 평범한 가정에서 무탈한 삶을 살아왔다. 그래서일까? 인생 경험이 부족하다는 두려움이 무의식 속에 스며 있다. 살다 보면 감당할 수 없는 문제가 생길 수도 있는데, 그때 무너지지 않고 버티려면 경험이 필요할 것 같아 집착처럼 책을 읽는다.

마치 모든 해결책이 책 속에 있는 것처럼.

문제는 자신들의 부족함을 채우느라 중요한 것을 잃어버린다는 것이다. 근육맨은 근육을 얻었을지 모르나 온몸에 파스를 달고 산다. 주정뱅이는 사람을 얻었을지 모르나 위장약을 달고 살며, 나는 대리 경험 때문인지 두통약을 달고 산다.

이렇게 채우는 것만큼 잃는 것도 많은 우리다. 우리는 스스로를 갉아먹고 있지만 알아차리지 못한다. 그렇게 결핍만을 채우기 위해 태어난 존재 같다.
충분함의 기준은 얼마만큼일까?

근육맨이 만족하는 근육 둘레는 몇 센티이며 주정뱅이가 원하는 인맥은 과연 몇 명일까. 경험은 단위로 환산이 안 되겠지만 얼마나 쌓여야 충분하다고 말할 수 있을까?

사실 우리는 알고 있다. 충분함에는 기준이 없다는 걸. 만족도 잠시뿐이라는 걸. 만족을 하면 또 새로운 기준을 세우겠지. 기준에 도달하기도 전, 어느새 그 기준선은 더욱 높아져 있다. 이러다 기준선이 하늘을 뚫고 저 우주에 가 있는 건 아닐지. 아마 우리는 영원히 만족할 수 없는 존재일지도 모른다.

그러니 만족에 닿기 전,

자신이 망가지지 않도록 조심해야겠다.

여전히 턱걸이를
열 개 이상 못 하는 인간

역시 근육맨은 몸이 점점 고장 났다. 목 디스크가 심해져 일 년 넘게 한의원과 정형외과에서 온갖 치료를 받았지만 역시 효과가 없다. 목뼈를 다 분리해서 다시 맞추고 싶다고. 베개가 문제인가 해서 높이와 재질별로 다섯 번 이상을 바꿔 봤지만 역시 소용없다. 그리고 왼쪽 팔꿈치에는 내측상과염까지 도져 퍼렇게 멍까지 들어 있다. 아령을 심하게 들어서 그렇다는데 어떻게 운동을 하면 이 지경까지 되는지. 심지어 정확한 병명도 모를 허벅지 안쪽 통증으로 제대로 걷지도 못한다. 그런데도 그는 몸을 키우기 위해 매일 운동을 한다. 운동에 미친 건지 근육에 미친 건지. 그는 깁스한 것처럼 왼팔을 가슴에 바짝 붙이고 오른손으로 뒷덜미를 주무르며 절뚝절뚝 카페에 들어왔다. 그 모습을 보고 나는 킥킥거리며 말했다.

"이 붕신은 뭐 병자야, 근육 돼지야? 둘 중에 하나만 해."

"와 씨. 뒈지겠다, 뒈지겠어."

"병원에서는 뭐래?"

"목은 원래 고질병이었고. 팔은 제발 운동 좀 적당히 하래. 웬만하면 한동안 아예 하지 말고."

"의사 말 들어라. 그러다 골로 간다."

"그러니까, 몸이 옛날 같지 않네. 이제 한계다 한계야. 조절 좀 해야지."

"웬일이래?"

"야. 넌 운동 좀 해라. 네 꼬락서니 좀 봐."

"꺼져 주겠니?"

몸이 아프면 운동으로 병을 조진다는 강인한 놈이었는데. 기운 빠진 목소리로 조절해야겠다는 약한 소리를 들으니 내심 마음이 욱신욱신했다. 하지만 한편으로는 다행이었다. 이제 자신을 챙기겠구나.

확실히 지금까지 우리는 각자 나름의 기준으로 확고하면서도 부지런한 인간이었다. 가치관은 뚜렷했고 그 기준에 따라 부지런히 행동하며 관계를 맺었다. 우리의 한계와 결핍만 생각하느라 타인을 이해할 여력이 없었다. 극복할 거 투성이었고 남을 생각하기에는 우리 자신이 더 중요했다. 그러면서도 자신을 소중하게 대하지 않았다.

우리는 자신이 가장 중요했지만, 소중하게 대하지 않았다.

근육맨과 반대로 나는 운동을 거의 하지 않는다. 평소에 그나마 턱걸이를 하는데 이조차 깨지락깨지락 두세 개도 못 하고 철봉에서 내려온다. 전혀 늘지 않는 턱걸이가 짜증 나 씩씩거리며 담배를 피운다. 누가 봐도 운동하러 나온 게 아니라 담배 피우러 나온 사람 같다. 그렇다고 다시 도전하지 않는다. 노력을 하는 건지, 안 하는 건지. 집으로 가면서 자기 합리화를 한다. 저녁에 글 써야 하는데 팔이 아프면 어

떡해. 마감이 얼마 안 남았는데. 괜히 무리해서 며칠
을 끙끙 앓느니 안 하는 게 낫지. 그래도 오늘은 두
개 했잖아. 집에서 할 일이 너무 많아. 글도 써야 하
고, 책도 읽어야 하고, 라면도 먹어야 하고, 잠도 자
야 하고.

하필이면 이 책을 다른 사람들에게 '매일 턱걸이
연습을 하지만 여전히 턱걸이를 열 개 이상 못 하는
인간이… 쓴 수필집'이라고 소개하는 바람에 어쩔
수 없이 매일 턱걸이를 하러 나갔다. 책 소개를 잘못
했다고 생각했다. 매일 턱걸이 연습하기 싫은데 하
루라도 안 하는 날이면 누군가를 속이는 것 같아 죄
책감이 들었기 때문이다. '매일'이라는 단어만 뺐어
도 이렇게까지 고생할 필요가 없었을 텐데. 그나마
책 앞날개에 쓴 저자 소개를 '여전히 턱걸이를 열 개
이상 못 하는 인간'으로 써서 다행이라고 생각했다.
열 개 이상 못 해도 되니까.

지금까지 우리는 자신이 중요했기 때문에 근육

맨은 운동을 했고, 나는 운동을 하지 않았다. 그러나 이제부터 근육맨이 운동을 줄이겠다고 말하니, 그럼 반대로 나는 운동을 시작해야겠지만, 일단 책 소개 중 '매일 턱걸이 연습을 하지만'이라는 문장을 삭제해야겠다.

감정의 그릇

결핍된 마음에 '감정을 채우는 일'은 그릇에 '물을 담는 것'과 같다. 그릇에 물을 채울 때는 적당한 높이에서 천천히 따라야 끝까지 흘리지 않고 채울 수 있다. 높은 곳에서 많은 양을 급하게 쏟아부으면 그 낙차로 인해 기존의 물과 채우려던 물이 부딪쳐 그릇 밖으로 넘친다. 결국 이전에 채워진 물보다 더 적어지게 된다. 때론 그릇이 깨지기도 한다.

이와 마찬가지로 감정도 욕심대로 급하게 쏟아부으면 상대는 부담을 느끼고 원래 있던 마음마저 밀어낼 수 있으니 천천히 주어야 한다.

겁을 극복하려고
돈을 펑펑 쓰는 인간

동네에 있는 작은 화실에서 그림을 배우기 시작했다. 처음에는 수업을 받기 위해 전문 미술학원을 몇 군데 알아봤는데 대부분 수업 분위기가 경직되어 보여서 꺼려졌다. 그림을 취미로 배우고 싶은 거지 입시나 유학 준비를 하는 게 아니니까. 가뜩이나 평소에 일이다, 글이다, 뭐다 하면서 압박받는 것 천지인데 취미마저 압박받고 싶지 않았다. 그래서 분위기가 편안하고 수업 과정이 유연한 지금의 화실로 정했다. 지금 생각해 보면 탁월한 선택이었다.

나는 새로운 무언가를 시작할 때면 일단 수업부터 듣는다. 그것도 몇 달 동안 꾸준히. 가벼운 취미마저 왜 그렇게까지 하냐고? 누가 보면 처음부터 제대로 배워야 하는 완벽주의자로 착각할 수도 있겠지만, 솔직히 두려워서다. 무엇이든 첫 시작은 늘 두려운 법. 특히 잘 못하는 일일수록, 선뜻 몸이 움직여지지 않는다. 그래서 나는 누군가의 도움을 받는다. 에세이집을 낼 때도 에세이 수업을 들었고, 단편소설집을 낼 때도 소설 수업을 들었다. 그렇게 하다 보니 어쩌다 몇 권의 책을 쓴 작가가 되었고.

자기가 배우고 싶은 일을 독학으로 익히는 사람들을 보면 너무 부럽다. 나에게는 그런 재능이 없어서. 결심한 무언가를 겁 없이 혼자 열심히 할 수 있는 그런 재능. 그렇지만 어쩌겠는가. 작심삼일 나태한 인간인 내가 그런 인간이 될 수 없는걸. 그래도 나의 장점은 배움에 있어서는 스스럼없이 누군가의 도움을 받는다는 것이다. 물론 많은 돈이 들기도 하지만. 맞다, 나 같은 사람은 돈이 많이 드는 인간인 것이다. 결국 겁이 많아서 겁을 극복하려고 돈을 평평 쓰는 인간. 어쩌겠는가, 그렇게라도 해서 나의 두려움을 이겨 내야지(덕분에 통장은 울고 있지만).

화실 수업은 한 타임에 대여섯 명 정도의 소수 인원으로 진행한다. 인원이 적다 보니 선생님이 돌아다니면서 한 명씩 자세히 가르쳐 준다. 마치 개인 교습처럼. 나는 새로운 것을 익히는 데 속도가 좀 더 딘 편이다. 겨우 4절지에 선을 그려 꽉 채우는 데 꼬박 이틀이 걸릴 정도로. 이놈의 선은 어쩜 내 생각대로 그어지지 않고 자꾸 삐뚤어지는지. 처음에는 주눅이 많이 들었지만, 다행히도 여기에서는 느리면 느린 대로 빠르면 빠른 대로 수강생 속도에 맞춰서 친절하게 알려 주는 편이다. 그래서 눈치 보지 않고 각자의 속도로 배울 수가 있다.

느릴 수밖에 없는 속도로 걸어가는 자신 곁에 묵묵히 기다리며 도와주는 사람이 있다는 것. 그것만으로도 생각보다 큰 용기를 얻을 수 있다. 그렇게 또 다음 단계를 향해 발걸음을 내민다. (우리 제발. 선생님이 돈 때문에 그런 거라고 감동 파괴하지 말자)

어찌 되었든 다음 단계로 꾸역꾸역 넘어가고 있다. 처음에는 어설픈 선 그리기로 시작했지만 지금은 과일에 명암까지 넣기 시작했다. 그렇다고 잘 그리는 건 아니고, 그냥 그 단계까지 갔다는 거다. 사실 화실 선생님의 도움이 없었으면 불가능했을 것이다. 그림을 그리면서 생각했다. 잘 못하는 일을 어떻게든 꾸역꾸역 해 나가며, 때론 누군가의 도움을 받으며 다음 단계로 넘어가는 일은 꽤 기분 좋은 일이라고. 꼭 잘해야 다음으로 넘어가는 것이 아니라, 뭐가 되었건 다음으로 넘어갈 수 있다는 마음. 잘 못하는 것을 잘하지 않아도 괜찮다는 마음. 그런 마음으로 평온하게 다음, 다다음, 다다 다음 단계로 넘어가다 보면 결국 어느 정도는 실력이 늘어 있다(물론 여전히 내 그림을 보면 좌절하지만).

우리는 왜 그렇게도 완벽하게 잘한 다음에 다음 단계로 넘어가려고 아등바등 살았을까. 자신을 갉아먹으면서까지 말이다. 결국 '다음'에 있는 '다음'은 다 비슷한 '다음'인데.

*

그림을 배우기 시작한 이래로 가장 큰 위기가 왔다. 바나나를 그리기 때문이다. 바나나에서 위기를 느낄 줄이야. 무슨 바나나에서 위기를 느끼냐고? 지금까지 정형의 것들만 그리다가 비정형의 바나나를 그리려고 하니 나 같은 초보는 멘탈이 나가 버릴 수밖에. 신경 쓸 게 한둘이 아니다. 형태도 일정하지 않고, 어디는 튀어나오고, 어디는 들어가고, 어디는 직선이고, 비율도 신경 써야 하고, 명암은 또 어떻게 넣어야 하는지. 거기다 바나나 한 개만 그릴 줄 알았는데 세 개가 붙어 있는 한 송이를 그릴 줄이야. 그러나 뭐 어쩌겠는가, 그려야지. 간신히 멘탈을 부여잡고 일단 스케치를 시작한다. 한 시간 정도 수정하고 또 수정했지만, 역시 망친다. 바나나는 더 이상 바나나가 아니었다. 솔직히 그림을 배우면서 미술에 약간 재능이 있을지도 모른다고 착각했다. 나중엔 내가 그린 그림으로 엽서북까지 만드는 상상을 했으니까. 그래서 더 멘탈이 나갔는지도 모른다. 역시 과도한 기대는 금물. 나는 바로 현실을 직시했다. 재능 따위는 없으니까 그냥 취미로만 그리자고.

화실 선생님이 내 옆으로 오셔서 그림을 보시더니 피식 웃으셨다. 나도 겸연쩍게 웃었다. 선생님은 무엇이 잘못됐는지 설명하면서 망친 스케치를 다듬어 주시며 말했다.

"바나나를 애정을 가지고 관찰해야 해요. 작은 거 하나까지도요. 선과 각도와 심지어는 여백까지 살피면서 그려야 해요. 그래야 이쁜 바나나가 돼요."

애정이라…. 사실 나는 기초 과정을 빨리 끝내고 물감 단계로 넘어가고 싶어 안달이 난 상태여서, 정작 바나나를 생각하고 있지 않았다. 대충해서 빨리 다음 단계로 넘어가려는 얄팍한 마음이 요동쳤다. 꾸역꾸역 다음 단계로 넘어가는 것과 대충 넘어가는 것이 다른데 말이다. 조금 반성을 했다. 왜 조금 했냐고? 역시 물감을 쓰고 싶은 욕망이 들끓고 있었기 때문이다. 솔직히 고백하건대. 이제는 애정을 가지고 대충해야겠다는 마음이 들었다. 역시 난 구제 불능의 인간이다.

여하튼 나는 바나나를 애정을 가지고 관찰하며 선생님이 잘 다듬어 주신 스케치를… 내가 다시 망쳤다. 역시 나는 재능이 없음을 다시 한번 깨닫는다.

그들을 향해
꾸역꾸역 달린다

나는 친구들과 종종 컴퓨터 게임을 한다. 게임을 좋아하지 않지만 자주 못 만나는 친구들이라 그들과 함께라면 사실 그 무엇을 해도 즐겁다. 그래서 오늘도 우리는 다 같이 PC방에 모여 〈배틀그라운드〉를 한다. 이 게임은 비행기에 탄 플레이어 백 명이 광활한 전장에 떨어져 전략과 기술을 써 가며 서로 싸우는 전투 게임이다. 그리고 마지막에 남은 한 팀이 최후의 승자다.

게임이 시작되면 비행기에서 각자 떨어져 낙하산을 타고 우리가 정한 목적지로 향한다. 친구들은 낙하산 컨트롤을 잘해서 한 번에 약속한 장소로 모이지만, 원체 게임에 서투른 나는 목적지에 도달하지 못하고 항상 먼저 낙오되기 일쑤다. 그럼 친구들

69

이 나를 데리러 온다. 그런데 나를 구하러 오다가 적에게 발각되어 자주 죽는다. 나는 미안해서 마이크에 대고 말한다. 목적지에 있으면 내가 어떻게든 갈 테니 걱정하지 말라고. 그럼 친구들은 그제야 알겠다고 말하며 자신의 길을 간다.

　나는 그들을 향해 꾸역꾸역 달린다.

　적이 나타나면 잘 숨고 체력이 닳으면 회복제를 마신다. 어떻게든 버티고 달려 목적지에서 친구들을 만난다. 그럼 헤드셋에서 이런 말이 흘러나온다.

　"와! 매번 느끼지만 너 진짜 바퀴벌레 같아. 생존력 장난 아니야."

　그렇게 친구들에게 '어떻게든 살아서 올 놈'이라는 신뢰가 생긴다. 나는 그 신뢰 덕분에 더욱 용기가 생기고 그 용기로 다음 판에서도 목적지를 향해 달려간다.

　비록 적에게 죽임을 당하더라도 그들이 곁에 있다면 쓸쓸하지 않다.

귀의 두께

　당신은 나보고 귀가 얇은 편이라고 한다. 자기가 하는 말은 무조건 따르며 친구들을 너무 전적으로 믿는다고. 하지만 당신은 모른다. 내 귀는 사랑하는 사람들에게만 얇아진다는 것을. 그러니 내 귀가 얇다고 느낀다면 그대에게 마음이 있다는 뜻이다.

우리는 최선을 다해
다른 사람이 되고

어릴 적 우리는 학교가 끝나면 친구들 집에 모여 '역할극 놀이'를 즐겼다. 아이들 몇 명이 모이면 고유의 놀이가 있듯이 우리에게 역할극 놀이가 그랬다. 조금 설명하자면 그날 집을 빌려준 친구가 먼저 하고 싶은 역할과 상황을 정하고. 그 분위기에 맞춰 나머지 친구들이 다른 역할을 돌아가며 연기하는 놀이다.

윤희네 집에선 코미디 극단이 된다. 모두 다 코미디언이 되어 우스꽝스러운 분장을 하고 성대모사를 하며 서로를 웃기고 개그를 뿜낸다. 성진이네 집에선 이탈리아의 삭막한 뒷골목이 된다. 여기서 성진이는 사악한 마피아 보스를 맡고 나머지는 정의로운 경찰이 된다. 가희네 집에서 우리는 행복하고 평범한 가족이 된다. 가희는 엄마고 나는 아빠며 나머지는 아들과 딸이 된다. 아빠가 된 나는 고무찰흙으로 만든 밥을 맛있게 먹고 아들과 딸의 장난에 웃어주며 행복한 가정을 꾸려 나간다.

그때부터였을까? 나는 어른이 되어도 익숙한 듯 다양한 역할로 살아간다.

주목받고 싶을 땐 개그맨, 나를 처벌하고 싶을 땐 경찰관, 낭만을 찾고 싶을 땐 여행가, 어떨 땐 종교인이 되기도 한다. 가끔은 사람이 아니라 동물이 되기도 하는데 바로 애인 앞에서 순한 양이 될 때가 그렇다.

다양한 역할로 살다 보면 때론 나도 몰랐던 자신의 새로운 모습에 놀라기도 한다. 이렇게 살다 보니 여러 역할을 하며 사는 것도 나쁘지 않다는 생각이 든다. 무엇보다 빠르게 변화하는 이 시대에 유연히 대처할 수 있는 건 나의 큰 장점이다.

결국 다양한 역할을 해낸다는 것은 '더 나은 인간'이 될 수 있다는 확증이다.

가끔, 종종, 보통

가끔, 종종, 보통
우리는 무엇을 생각한다.
그리고 그 무엇이 된다.

가끔, 고꾸라지며 나약한 인간이 되기도 하고
종종, 가면을 쓰며 가식적인 인간이 되기도 하며
이별에 아파하는 보통의 인간이 되기도 한다.

인간은 하나의 모습으로 규정할 수 없다.
그 말은 즉
우리가 다양한 얼굴을 가지고 있다는 의미다.

그리고 그것이 우리의 '보통의 낯'이다.

하나로
규정할 수 없는 우리

'혼자 여행 좀 다녀올게. 연락 안 될 거야.'

가족에게 일방적으로 문자를 보내고 종종 훌쩍 떠나곤 했다. 치사하게 혼자 가냐며 같이 가자는 친구도 있었지만 나는 자아를 찾아야 한다며 홀로 여행을 고집했다. 그럼 친구들은 사춘기도 아니고 방황 좀 그만하라며 타박한다. 그러나 그 시절 나는, 내가 어떤 인간인지 알아야 앞으로 걸어 나갈 수 있을 것만 같았다.

자아 찾기 여행은 솔직히 별거 없다. 일단 여행지에 도착해 산책하기 좋은 곳을 찾아 지칠 때까지 걷고 또 걸으며 생각한다. 오만해서 벌어진 실수에 관해, 치졸했던 사랑에 관해, 잃어버린 관계에 관해 고민한다. 실패한 과거를 통해 현재의 나는 어떤 인간인지 정의 내리려 애쓰고, 제대로 된 답을 찾기 위해 과거의 나를 뒤지고 또 뒤진다.

그렇게 자아 찾기 여행을 다녀왔더니 수첩이 세 권이나 생겼다. 여행지에서 썼던 수첩을 펼쳐 보니 그 속에는 나에 대한 고민이 고스란히 남아 있었다. 치열하기도, 유치하기도, 가끔은 멋지기도 한 고민들. 그런데 읽다 보니 동일한 사람 같지 않았다. 수첩 속 인물은 나뿐인데 이렇게 매번 다를 수가 있나.

재작년 봄의 나는 모든 일에 열정적인 인간이었다. 조바심이 많고 치열했다. 하지만 결국 그 성급함 때문에 하는 일마다 실패를 했다. 여름에는 치졸한 인간이었다. 애인이 작은 무성의라도 보이면 삐치고 화를 냈다. 그러면서 나를 떠나는 건 아닌지 조마조마해하며 그녀에게 사랑을 갈구했다. 결국 그녀는 지쳐서 떠났고, 나는 우리의 이별이 네 잘못이라며 마지막 순간까지 치졸했다. 하지만 겨울의 나는 조금 괜찮은 사람이었다. 나의 실수를 외면하지 않고 제때 사과했으며 솔직했다.

돌아보니 한 줄로 정리할 수 없는 내가 서 있었다. 그러면서도 여기 쓰여 있는 모든 문장이 나였다.

그래, 이제는 자아 찾기를 그만둬야겠다. 오히려 답을 찾으려고 하면 할수록 내 안에 있는 여러 내면이 서로 뒤엉켜 미래까지 엉망진창이 될지도 모르니까.

이제야 오랫동안 헤매도 자아를 찾을 수 없었던 이유를 조금 알 것 같다. 다양한 나를 하나로 규정하려 했으니.

덫

자신을 하나의 인간으로 규정하는 일은
다양한 가능성을 가두는 일일지도 모른다.

한계라는 덫에 걸린 것처럼.

남을 위한 가면

회사 휴게실에는 잠시나마 현실에서 도피하고자 하는 이들이 여럿 모여 있었다. 나도 인스턴트커피를 타서 그들 옆에 슬그머니 앉았다. 그들이 하는 이야기는 뻔하다. 회사를 그만두고 싶다든지, 지금의 연애가 지겹다든지, 상사의 잔소리가 듣기 싫다든지. 누가 더 짜증 나는 삶을 사는지 내기라도 하듯 앞다투어 불평을 뱉어 냈다. 부정적이고 짜증 섞인 이야기를 듣고 있자니 나까지 피로해진다. 대충 맞장구치고 도망갈 타이밍을 노리며 그들을 위로했다. 더이상 억지 미소를 지을 수 없을 때쯤 그만 자리를 떠야겠다고 생각하는데 같이 일하는 동료가 말했다.

"종혁 씨. 미안한데 이번 보고서 마무리 좀 해 주면 안 돼요?"

"이거 내일 아침까지 해야 하는 거 아니에요? 좀 빠듯한데."

"진짜 이번 한 번만 부탁할게요. 오늘 어머니 생신이어서 그래요."

"…어쩔 수 없죠. 뭐, 알겠어요."

"고마워요! 종혁 씨는 진짜 착하다니까."

나는 이렇듯 내 의도와 다르게 동료들 앞에서 종종 착한 사람이 된다. 사실 방금 부탁한 저 동료는 몇 달 전에도 어머니 생신이었다. 이용당하는 걸 알지만 거절하면 치졸한 사람으로 보일까 봐 겁이 났다. 그래서 착한 가면을 쓴다.

물론 우리가 가면을 쓰는 이유는 여러 가지일 것이다. 자신을 보호하기 위해서, 강해 보이기 위해서, 혹은 사랑받기 위해서. 그러나 살면서 여러 가면을 써 봤지만 착한 가면은 유독 버겁다. 착한 가면은 내 안을 갉아먹기 때문이다. 결국 나를 위한 가면이 남을 위한 가면이 된다.

결국 나는 에너지 드링크를 마시며 새벽 세 시가 되어서야 간신히 보고서를 끝낼 수 있었다. 집으로 돌아가는 택시 안, 어머니 생신이라던 그 동료의 SNS에는 친구의 생일을 축하하는 이태원 파티 사진이 올라왔다. 사진 속 동료의 환한 미소를 보니 허탈감이 밀려왔다.

나는 왜 이토록 자신을 희생하면서까지 타인에게 좋은 사람이 되고 싶은 걸까?

이 거짓 같은 세상

어릴 적 동네 어른들은 말했다.
자고로 사람은 겉과 속이 같아야 한다고.
그 말을 철석같이 믿고 살았는데,
겉과 속이 다른 사람들에게 자주 상처를 받았다.

왜 그렇게 그 말을 믿고 살았는지
요즘은 회의감이 든다.
그래, 이제 세상은 변했다.

속은 적당히 감추고, 겉은 잘 포장해야 한다.

그래야 이 거짓 같은 세상에서
무탈하게 살 수 있다.

우리의 거리는
당신에게 달렸다

사람마다 타인과 마음을 나누는 방식이 다르다. 처음부터 마음의 문을 활짝 열고 다가가거나, 거리를 두고 천천히 다가가거나, 애초에 마음의 문을 걸어 잠그는 사람도 있다.

나는 마음 나눔에 있어 수동적이다. 먼저 움직이지 않고 상대의 행동에 따라 달라진다는 뜻인데, 상대가 처음부터 마음을 열고 다가오면 나도 그렇게 맞추고, 상대가 거리를 두면 나도 딱 그만큼 거리를 둔다.

한마디로 우리의 거리는 당신에게 달렸다는 것이다. 이 방식을 택하기까지 많은 역경이 있었다. 내가 먼저 적극적으로 다가가면 상대는 부담스러워하

며 밀어냈고, 거리를 두었을 때는 냉정하다며 떠나
곤 했다. 그렇다고 벽을 치고 마음의 문을 걸어 잠그
자니 외로워 견딜 수 없었다. 그렇게 혼자 시도하고
시도하며 시도하다 터득한 나만의 방식이다.

　사실 타인과 거리를 만드는 이유는 먼저 상처받
기 싫어서겠지. 그런 두려움 때문에 내일도 나는 타
인과의 거리를 고민할 것이다. 이렇게 생각하니 나
자신이 조금 안쓰러웠다.

서로의 시간

내가 상대를 알아 갈 시간이 필요하듯,
상대도 나를 알아 갈 시간이 필요하다.

그걸 지금에서야 알았다.

허우룩한 모서리

두 벽면과 하나의 바닥이 만나면 모서리가 생긴
다. 모서리는 뾰쪽하다. 그래서인지 모서리는 늘 무
언가로 가려져 있다. 방은 스탠드 조명으로, 카페는
화분으로, 길은 쓰레기로. 그러다 누군가가 다른 무
언가로 바꿔 놓거나 혹은 치워서 비워 놓기도 한다.

모서리는 자신의 의지로 채우거나 비울 수는 없
다. 구석에서 가만히 기다릴 뿐이다. 다시 채워지기
를, 다시 비워지기를. 그저 지나간 이들이 남긴 감정
을 헛헛이 주워 모을 뿐이다. 그래서인지 모서리에
자꾸만 마음이 간다.

고향

　나는 고향의 그리움이 없다. 수원에서 태어나 수원에서 자랐고, 서울에서 일을 하더라도 수원에서 출퇴근했기 때문이다. 삶의 자리가 변하지 않았다. 그래서인지 고향이 그립다는 감정을 잘 모른다. 오히려 타인의 고향을 그리워하곤 한다. 문득 고향이란 떠나야만 그리워지는 존재일지도 모른다고 생각했다.

　수원에서 함께 자란 친구 Y는 매번 사람들에게 고향을 바꿔 말한다. 수원이었다가, 강원도였다가, 안양이었다가, 심지어 옥수수밭이라고도 했다. 나는 어이가 없어 Y에게 왜 매번 고향이 바뀌냐고 물었다. 그는 자신에게 고향은 그렇게 중요한 존재가 아니라고 했다. 그저 지금 내가 사랑하는 사람이 자신의 고향이라고 했다. 그리고 Y는 말을 이었다.

"우리처럼 고향을 떠나본 적 없는 사람들은, 사람에게서 고향을 찾아야 하는 존재일지도 몰라."

시간이 고장 난 세상

운전 중 나는 늘 내비게이션 시계에 집중한다. 목적지에 도착할 때까지 시간을 반복적으로 확인하며, '지금 몇 시지?' '차가 막히려나?' '삼십 분 뒤에 도착 예정인데 정확한 걸까?' 이렇게 불안해한다.

그러던 어느 월요일, 차 안 내비게이션의 시계가 고장 났다. 현재 시각이 표기가 안 됐고 당연히 도착 시간도 고장 났다. 고치고 싶었지만 바쁜 일이 겹쳐 일주일 동안 그 상태로 출근을 했다.

화요일. 습관적으로 고장 난 시계를 보며 초조해했고,

수요일. 목적지로 향하는 동안 안절부절못했고,

목요일. 조금씩 창밖을 보기 시작했고,

금요일. 당장 떨어져도 이상하지 않을 정도의 녹

슨 간판이 소름 끼쳤고,

토요일. 횡단보도에서 키스하는 연인이 부러웠으며,

일요일. 조금은 자유로워진 기분으로 서비스 센터로 향하는 길, 매일 듣던 라디오 진행자의 목소리가 이렇게 허스키했던가 하는 생각이 들었다. 평소와 다름없는 날인데 오늘은 왠지 새롭다. 서비스 센터에 도착하자 직원이 차를 점검 후 말했다.

"이거 내비게이션 업데이트만 하면 되는데, 저희 컴퓨터가 갑자기 고장 나서. 당장 안 될 거 같은데 급하시면 다른 서비스 센터 알려드릴게요."

"아, 괜찮아요. 딱히 불편하지도 않고. 그럼 다음 주에 올게요."

그렇게 나는 시간이 고장 난 차를 다시 타고 허스키한 라디오 진행자의 목소리를 들으며 집으로 돌아왔다.

애매한 인간

나는 극단적인 것들 사이의 그 두루뭉술함을 좋아한다. 예를 들면 연약과 강함의 중간. 솔직과 가식의 중간. 이성과 감성의 중간. 평범과 특별의 중간. 솔직히 말하면 이것은 내가 어중간하다는 뜻이다. 그래서 주위 사람들에게 종종 애매한 인간이라고 불린다. 그리고 대개는 애매하다고 하면 사람들이 그다지 좋아하지 않는다. 답답하다고 생각한다.

하지만 애매한 인간은 많은 가능성을 가지고 있다.

어느 하나에 쏠리지 않고 모두 포용하는 태도를 갖고 있기 때문이다. 솔직과 가식의 사이에는 배려가 있고, 감성과 이성의 사이에는 꿈이 있으며, 연약과 강함의 사이에는 유연함이 있다.

하나의 삶으로 살기에는 이리 치이고 저리 치이는 지금, 이런 애매한 태도가 우리의 삶을 무사하게 할지도 모른다.

무엇도 허황된 것은 없다

주위에서는 나보고 허황된 꿈을 좇는다고 했다. 젊은 날에는 낭만일 수 있지만 서른 후반인 지금은 철없어 보일 수 있으니 현실을 직시하라고. 바쁜 직장을 다니면서 작가가 되는 건 아무나 하는 게 아니라고 했다. 쓸데없는 짓이니 지금 하는 일이나 잘하라고.

하지만 나는 지금 일에 충실하면서도 작가가 되었다. 그러니 그들에게 말해 주고 싶다. 쓸데없는 짓이란 없고, 아무나가 아니며, 철없는 꿈이란 없다고. 그 무엇도 허황된 것은 없으니 포기하지만 않는다면 현실이 될 수 있다고.

3부

새로이
꽃이
핀다는
것은

새로이 꽃이 핀다는 것은
어쩌면 죽음이 시작될 수도 있다는 말.
죽음이 시작되었다는 것은
다시는 꽃이 필 수도 없다는 말.

보통의 연애 #1

　무더운 여름, 낯설고 사람들로 복잡한 거리를 피해 우리는 조금 구석진 곳에 자리한 카페로 장소를 옮겼다. 아이스 아메리카노를 두 잔 시키고 그녀와 나는 테이블에 앉았다. 차가운 커피를 단숨에 들이마시니 머리가 깨질 듯 아파 왔다. 정신을 차리고 테라스에 앉아 멍하니 지나가는 사람들을 쳐다봤다.

　"무슨 생각 해?"
　"빨리 너랑 어두운 방에 들어가서 눕고 싶다는 생각."
　"응큼하긴."

　무슨 생각으로 그런 대답을 했는지, 평소라면 절대 하지 않을 농담을 나도 모르게 던졌다.

나는 또 한 번 웃으며,

"지금 여기서 벗어날 수만 있다면 속옷만 입고 길 한복판에서 삼바라도 출 수 있다니까."

그녀는 웃었고, 나 역시 시답지 않은 유머가 통했다는 생각에 피식 웃음이 나왔다.

사실 그녀와 보낸 낮은 무척 지루했다. 방금 본 영화도 그저 그랬고, 같이 먹은 점심도 별로였다. 심지어 한 시간 이상 기다려야 먹을 수 있는 유명한 맛집이었는데도 말이다. 모든 게 별로여서 그런지 그녀와 함께 있어도 어제 다 보지 못한 드라마를 마저 보고 싶다거나 친구들과 술을 진탕 마시고 싶다는 생각뿐이었다.

그렇게 지겨운 낮이 이어지자 자극적인 밤이 오기를 기다린다. 빨리 어두운 방에 들어가서 서로의 몸을 탐닉하고 싶은 욕망만 맴돈다.

*

　침대에 누워 이런 게 권태가 아닐까 생각했다.
생각해 보면 일 년 반이란 시간은 그리 오래된 것도
아닌데. 사실 권태는 시간과 상관없을지도 모른다.
그저 마음의 문제일 뿐. 나는 그녀가 싫증 나게 된
사건이나 태도가 있는지 돌이켜 본다. 그러면서도
내 문제가 아닌지 고민한다. 아무 문제가 없는 것이
문제인가. 도저히 답을 찾을 수 없다.

　불 꺼진 방, 오늘도 화려한 TV 불빛과 그녀의 미
세한 코 고는 소리에 안도하며 재떨이를 찾는다.

*

　담배 연기로 가득 찬 방은 마치 색이 없어진 수
묵화 같았다. 안개가 낀 것처럼 모든 경계가 모호했
다. 선명한 것은 그저 담뱃재 타는 소리뿐. 그녀가 깼
다. 연기가 매웠는지 기침을 하며 코를 막았다.

"또 담배 피워? 환기 좀 시키지."

그녀가 창을 열자 새벽 공기가 들어왔다. 뿌연 연기로 보이지 않던 가구들이 점점 선명해지기 시작했다. 그녀는 침대 끄트머리에 앉아 TV를 켰다. 그녀의 구부정한 등을 보니 그렇게 보기 싫을 수가 없었다. 나의 복잡한 생각이 간결해졌다.

"이제 선명해졌어."

내 말에 그녀가 뒤돌아봤다. 무슨 말인지 묻는 표정이다.

"우리 이제 그만하자."
"뭐?"
"미안해."

그녀는 말이 없었다. 너무 당혹스러웠는지 아니면 이미 알고 있었는지. 아랫입술을 깨물며 나를 빤히 쳐다봤다. 떨리는 눈꺼풀.

　나는 옷을 챙겨 입고 그대로 나가 버렸다. 그녀의 상처 따윈 안중에도 없다. 어쩌다 이렇게 된 걸까? 나는 죄책감이 들지 않는다.

말은 땅에서 죽고

우린 알 수 없는 말만 뱉어 냈다.
거의 사용되지 않거나
완전히 사라져 버린 인디언의 언어들 같았다.

그 말들은 아마 언어가 아닌 감정이었을 것이다.
그리고 그 감정은 너무 무거워
서로에게 도달하지 못하고 땅에 떨어졌다.

나는 떨어지는 단어를 바라본다.
그녀의 말이 땅에서 죽었다.

지금 내 앞은 온통 묘지다.

보통의 연애 #2

아침 열 시쯤 샤워를 하러 욕실로 들어갔다.

"앗, 차거!"

전날 마신 술 때문인지 정신을 못 차리고 무심코 냉수 쪽 수도 밸브를 열었다. 차가운 물이 피부에 닿자 그녀가 생각났다. 그녀는 한여름에도 뜨거운 물로 샤워하는 사람이다. 가만히 있어도 땀이 줄줄 흐르는 오늘 같은 무더위에도 여전히 뜨거운 물로 씻는지 궁금했다. 헤어진 마당에 왜 이런 생각을 하는지 한심스러워 헛웃음이 나왔다.

*

헤어지고 처음 며칠은 생각보다 괜찮았다. 조금 헛헛했지만 눈치 안 보고 친구들과 술을 마실 수 있어 즐거웠고, 주말에는 오후 늦게까지 잘 수 있었고, 데이트 코스를 짜느라 머리를 싸매며 고민할 필요도 없었고, 누군가에게 내 생활을 일일이 보고할 필요가 없으니 편하고 자유로웠다. 종종 그녀가 생각났지만 그렇다고 크게 신경 쓰일 정도는 아니었다.

하지만 점점 생각이 났다. 그녀의 표정, 체취, 배려, 언어가. 흐릿했던 모든 것들이 다시 선명해지고 있다는 사실이 우스웠다. 현재 나의 감정이 애매하다.

보통의 연애 #3

　　우린 친한 지인의 소개로 만났다. 하얀 피부에 곱슬곱슬한 단발머리 그리고 선한 눈매의 그녀는 누구라도 반할 만했다. 서로 어색하게 인사를 하고 커피를 주문하는데 갑자기 만 원짜리 하나가 내 옆구리로 쑥 들어왔다. 돌아보니 그녀가 웃으며, 커피값이란다. 이런 여자는 처음이었고 당혹스러웠다. 사실 지금까지의 소개팅은 당연한 듯 내가 밥과 커피값을 냈으니까.

　　"고양이가 좋아요? 강아지가 좋아요?"
　　"강아지요."
　　"무슨 색이 좋아요?"
　　"주황색이요."

첫 만남에 첫 질문치고는 독특하고 귀여워 피식 웃음이 났다. 보통은 소개팅에서 직장이라든지, 취미라든지, 사는 곳이라든지, 호구 조사를 하던데. 나는 그녀의 순수한 모습에 서서히 호감이 생겼다.

"저녁 먹으러 갈래요?"

"초밥이 좋으세요? 떡볶이가 좋으세요?"

"하하하! 초밥이요."

"그럼, 초밥 먹으러 가요."

*

며칠 후, 우리는 영화를 보러 갔다. 건축 다큐멘터리 영화였는데 일반 사람들이 보기에는 조금 지루할 수 있어 그녀에게 먼저 양해를 구했고, 그녀는 흔쾌히 수락했다.

양해를 구했는데도 나는 영화를 보는 내내 좌불안석이었다. 영화가 생각보다 더 지루했기 때문이다. 현재 건축 일을 하고 있는 나도 재미가 없는데 그녀는 오죽할까. 팝콘을 집는 척하며 그녀의 표정을 살폈다. 표정이 안 좋으면 그냥 나가자고 할 참이었다.

　그런데 그녀가 반짝이는 눈으로 영화에 집중하고 있었다. 호기심으로 가득 찬 그녀의 눈빛을 보니 조금 안심이 되었다.

　영화가 끝나고 나오는 길, 혹시나 해서 물었다.

　"영화 재미없었죠?"

　"아뇨! 재미있던데요. 진짜 멋있는 거 같아요, 건축가."

　저녁 식사 내내, 건축에 대해 이것저것 쫑알대며 질문하는 모습이 마치 아기 새 같았다. 누군가 내 일에 관심을 갖는 것이 이렇게 행복한 일이란 걸 처음 알았다. 그녀의 쫑알대는 입을 보고 결심했다. 이 사람을 놓치면 안 되겠다고.

보통의 연애 #4

태어나 처음으로 여자에게 꽃을 받았다. 기분이 묘했다. 그런데 나는 아직 그녀에게 선물을 준 적이 없기에 선수를 빼앗긴 기분이었다.

"와… 자기야. 나 여자한테 꽃 처음 받아 봐. 근데 기분이 묘해"

우리는 그날도 재미있게 데이트를 했고 각자 택시를 타고 집으로 돌아갔다.

집으로 돌아가는 택시 안, 뭔가 허전하다. 주머니를 확인하니 지갑, 휴대폰, 열쇠, 그리고 가방도 다 있는데 이상하다. 하지만 가끔 그런 느낌을 받을 때가 있어 그녀에게 잘 가고 있는지 통화 버튼을 누르는 순간,

'아! 꽃다발.'

아까 식당 화장실에서 볼일을 보고 소변기 위에
놓고 그냥 나온 것이다. 그녀에게 받은 첫 선물을 깜
빡하다니. 다시 돌아가기에는 이미 집 앞이다. 어쩌
지 하는데.

　– 여보세,
　– 어! 무슨 일이야?
　– 오빠가 전화 걸었잖아.
　– 아….

그냥 솔직히 말할까 아니면 어차피 모를 텐데 대
충 둘러댈까. 나는 안절부절못했고 그녀는 나의 이
런 태도에 이상한 낌새를 느꼈는지,

　– 왜 그래? 무슨 일 있어?
　– 어…. 그러니까. 음…., 그러니까.
　– 뭔데 그래?

- 나 아까 화장실에 꽃 놓고 나왔나 봐. 진짜 나 어떻게 됐나 봐. 그걸 까먹다니. 나 진짜 미친 거 같아. 진짜 진짜 미안해!

- 뭐? 푸하하하하!

그녀는 재미있다는 듯 크게 웃었다. 생각했던 것과 다른 반응에 나는 더 두려웠다. 화가 나서 실성한 걸까?

- 역시 오빠는 내가 옆에서 챙겨 줘야 한다니까. 괜찮아. 다음에 내가 또 사 줄게.

그리고 다음 만남에서 그녀는 진짜로 꽃을 들고 나왔다. 나는 또 선수를 빼앗기고 말았다.

보통의 연애 #5

그녀가 자주 입는 남색 카디건에 얼마 전부터 작은 구멍이 나 있다. 초라해 보인다. 전에는 같은 옷을 여러 코디로 입는 모습이 검소하고 수수해 보였는데, 지금은 볼품없다.

어느 순간부터 나는 '우리 분위기 좋은 데 갈까?'에서 '쉬고 가자.'로 말이 바뀌었다. 그렇게 하나둘씩, 언어와 감정이 변해 갔다.

다른 남자와 술을 마셔도 질투 나지 않는다. 문득 겁이 났다. 질투마저 사라지면 이제 모든 애정이 사라질 것 같아서.

말을 한번 뱉으면 걷잡을 수 없게 될 때가 있다. 좋아한다고 말하니 그 마음이 더욱 커지는 것처럼 권태도 그랬다. 의문을 뱉어 버리는 순간 확신이 되었다.

오늘도 그녀는 어둠 속에서 소리 없는 TV를 본다.

"왜 또 소리 끄고 봐?"

"오빠 깰까 봐."

"아 쫌. 그러지 말라니까. 편하게 보라고 몇 번을 말해."

"…미안해."

이런 그녀의 배려가 뭉클할 정도로 고마웠다. 하지만 이제는 점점 숨이 막혀 왔다. 마치 내가 소리 없는 TV를 보는 것처럼.

보통의 연애 #6

그녀가 땅끝마을로 여행을 가자고 했다.

"갑자기 웬 땅끝마을?"

"그냥, 가 보고 싶었어. 그런데 그거 알아? 땅끝마을이 제일 땅끝에 있는 게 아니래."

"그럼?"

"나도 잘 몰라."

끝에 있지도 않으면서 이름이 땅끝인 마을. 나는 그 마을이 우리와 닮았다고 생각했다.

급작스럽게 떠나는 여행이라 여벌의 옷도 없었고 숙소도 예약하지 않았지만 걱정되지 않았다. 그저 무료한 일상을 벗어난 것만으로도 들뜬 기분이었

다. 네 시간을 달려 바닷가에 도착했다. 여벌의 옷이
없어 우리는 해변으로 밀려오는 파도 주위만 어슬
렁거렸다. 해수욕하는 사람들을 구경하며 그녀가 말
했다.

　　"이럴 줄 알았으면 옷이라도 좀 챙겨 올걸."
　　"여행 올 줄 누가 알았나. 숙소 잡았어. 일단 방
에 들어가자. 덥다."

　　숙소에 들어오니 에어컨의 냉기 때문이었을까.
설렘은 한순간에 식어 버렸다. 더위가 잦아질 때까
지 우리는 방에서 시간을 보내기로 했다. 나는 더위
에 지쳐 곯아떨어졌고 그녀는 TV를 봤다. 이제 그녀
는 TV 소리를 끄지 않는다.

　　밤이 되자 저녁으로 회 정식을 시켜 먹고 소화도
시킬 겸 해변을 거닐었다. 검은 바다 위의 달무리가
유난히 밝았다. 내가 달을 한참 보고 있는데 그녀가
말했다.

"우리 이제 진짜 그만하자."

그녀는 이제 담담해 보였다. 앞에 있는 고요하고 검은 바다처럼. 약간의 서운함을 느낀 나 자신이 경멸스러웠다. 그동안 내가 그녀에게 준 상처를 생각도 안 하고 무슨 자격으로 서운함을 느끼는지. 신발로 애꿎은 모래만 긁어냈다.

그렇게 끝난 우리의 이별 여행. 아마도 우리는 헤어지기 위한 자리를 찾았던 건 아닐까. 그렇게 우리의 감정을 파도에 넘겨 보냈다.

보트를 운전하는 소년

파타야 산호섬으로 들어가는 보트 안. 빠른 속도로 파도와 충돌하면서 수면 위를 힘차게 달리고 있다. 5초에 한 번꼴로 엉덩이가 튀어 오르는 바람에 구명조끼를 입고 있어도 불안하다. 안전 바를 잡은 손에 땀이 났다.

하지만 보트를 운전하는 소년은 그 흔들림이 익숙해 보인다. 표정 역시 한껏 긴장한 나와는 다르게 지루하기 짝이 없다. 얼마나 많이 도시와 섬을 왔다 갔다 했을까?

방금 내가 탄 보트 옆으로 다른 보트가 지나간다. 소년은 즐거운 표정을 지으며 그 보트와 경쟁을 하다 그조차 재미없어졌는지 곧 표정이 다시 지루하게 바뀐다.

　심하게 흔들리던 보트가 잔잔해졌다. 어느새 영원히 보이지 않을 것 같던 산호섬에 다다랐다. 그렇게 나는 소년과 같은 표정을 한 채 보트에서 내렸다.

보통의 연애 #7

전화벨이 울렸다. 이미 그녀로부터 온 부재중 전화 두 통이 와 있었다. 받지 않았다. 관계를 확실히 해야겠다고 생각했다. 이미 몇 번을 헤어지고 다시 만났던 우리다. 이런 애매한 관계를 더 이상 지속할 수 없다. 그런데 한참 후 그녀의 친구로부터 전화가 왔다.

- 여보세요.
- 응급실이야. 선이 쓰러졌어.
- 뭐?
- 지금 안정되기는 했는데 그래도 잠깐 와 줬으면 해.
- 미안한데 나 못 갈 거 같아. 네가 옆에서 잘 좀 챙겨 줘.

- …너도 참.

병상 위의 그녀를 볼 자신이 없었다. 매정하다면 매정할 수 있겠지만 사실 용기가 나지 않았다. 그런 그녀를 보면 어떻게 행동해야 할지 모르겠다.

*

그 이후로 악몽을 꾸기 시작했다. 어디선가 계속 원망스럽게 전화벨이 울리고, 나는 어디론가 숨을 곳을 찾으며 웅크리고 있었다. 그리고 나타난 환영들. 나의 주변을 떠다니며 침을 뱉기도 하고, 욕을 하기도 하고, 울기도 했다. '비열한 놈, 비겁한 놈, 치사한 놈'

잠에서 깨니 온몸이 땀범벅이다. 죄책감에 사로잡혀 그녀에게 전화를 걸었다. 하지만 받지 않았다. 이젠 그녀도 우리의 관계를 포기했을지도 모른다. 아니면 그 일을 계기로 완전히 내게 실망했을지도.

나는 알 수 있었다. 우리가 진짜 끝났다는 것을.

　결국 그녀를 지독한 현실로 끌어 놓고선 나는 도망쳤다. 나는 그런 자신을 용서할 수 없었다.

나의 죽음이 유일한 용서였다

슬퍼할 자격도 없다.
미안해할 자격도 없다.
다시 사랑할 자격도 없다.
난 모든 것에 자격이 없다.

죄책감은 나의 모든 감정을 짓눌렀다.
마치 무언가 부풀어 오르지 못하게 엄지손가락
으로 꾹꾹 누르듯이. 그러나 감정을 억누르며 산다는
것은 죽음과도 같다.

내가 현재를 버티며 살아갈 수 있는 방법은
모든 감정을 억누르며 나 자신을 죽이는 것뿐.

'나의 죽음이 유일한 용서였다.'

보통의 연애 #8

길을 걷다가 나는 꽃집 앞에 멈춰 섰다. 그리고 멍하니 꽃들을 바라봤다. 밖에는 생화가 있었고 안쪽에는 드라이플라워가 있었다. 문득 그녀에게 받았던 꽃이 생각났다. 헤어진 지 일 년이 지났지만 여전히 모든 곳에 그녀가 있었다.

그녀는 드라이플라워를 좋아했다. 예쁜 모습을 오랫동안 볼 수 있어서 기분이 좋다고 했다. 하지만 나는 생화를 더 좋아했다. 드라이플라워처럼 말라버린 채 오래 사는 모습이 안쓰러웠기 때문이다. 생생하게 살다 제때 죽는 것이 더 좋았다.

마지막으로 그녀에게 받은 꽃은 라일락이었다. 그녀는 유난히 라일락을 좋아했다. 나 역시 그녀가 좋아하는 것은 모두 좋아하고 싶었다.

라일락을 보면 중학교 때가 생각난다. 내가 다니던 중학교 정원에는 오래된 라일락 나무가 있었다. 봄이 되면 꽃잎은 보랏빛으로 진해지고 향기는 그윽이 퍼져 나갔다. 나는 수업 도중에 창밖의 라일락 나무를 멍하니 보다가 국어 선생에게 걸렸을 때, 선생은 혼내기보다 우리에게 이렇게 물었다.

"니들, 첫사랑의 맛이 궁금하지 않니?"

"네! 궁금해요."

"그럼 쉬는 시간에 나가서 교정에 핀 라일락 꽃잎을 씹어 봐."

"맛있어요?"

"일단 씹어 봐. 그럼 알 거야."

궁금했던 우리는 쉬는 시간이 되자 교정에 우르르 달려 나가 라일락 꽃잎을 씹었다.

"악! 엄청 써! 속았어."

처음 겪는 쓸쓰름함에 너나 할 것 없이 씹던 꽃잎을 바닥에 퉤퉤 뱉어 내자, 어느새 국어 선생은 우리 뒤에서 깔깔대며 말했다.

"그게 첫사랑이야."

그때 선생이 우리를 놀리기 위해 한 말인 줄 알았다. 지금에서야 그 말을 이해할 수 있을 것 같다.

라일락의 꽃말은 '젊은 날의 추억.'
뜻이 애달팠다

보통의 연애 #9

 Y의 첫인상은 매서웠다. 아는 동생과의 술자리에 나온 Y는 비대칭 단발머리에 진한 스모키 화장을 하고 가죽점퍼를 입었다. 가만히 있어도 나를 주눅 시킬 만큼 이미지가 강렬했다. 거기다 Y의 뚱한 표정 때문인지 더욱 무섭게 느껴졌다.

 하지만 말투는 차분하면서도 조용했다. 할 말은 정확히 하는 타입이었는데, 얼마나 정확하냐면 Y가 뱉은 단어들은 선명히 머리에 꽂혀 며칠이 지나도 기억날 정도였다. 이날 가장 인상 깊었던 것은 Y의 태도였다. 술자리가 끝난 후 일어나기 전에 우리가 쓴 티슈를 모아 꾹꾹 뭉쳐 한 장의 티슈로 감싸며 테이블을 정리했다. 무섭고 강렬했던 Y의 첫인상은 헤어질 때쯤엔 배려심이 많고 성실한 사람으로 변해 있었다.

그 이후 또 한 번 Y와 만났는데, 우리는 책 이야기를 하며 급속도로 친해졌다. Y는 만화책과 소설책을 좋아했다. 그때까지 내 주변에 책을 좋아하는 사람이 없었던 터라 외로웠는데 동지를 만난 거 같아 기뻤다. 내가 이 말을 하자 Y 역시 자기도 똑같다며 반가워했다. 그래서 우리가 더 빨리 가까워졌는지도 모르겠다. 그날 이후로 우리는 거의 매일 보다시피 했다.

어느 날 카페에서 같이 책을 읽는데 Y가 말했다.

"온다 리쿠 책에 재미있는 점이 있어."

"뭔데?"

"자기가 쓴 책 안에 예전 자기가 쓴 책을 소재로 등장시킨다는 거야. 그리고 다른 장면에서 또 자기가 쓴 다른 책을 언급하기도 해. 그런 연결 고리가 있다는 게 재미있어. 그러면 나는 등장한 그 책이 궁금해서 사 봐. 그렇게 연결 연결해서 읽다 보니까 나도 모르게 온다 리쿠 매력에 빠져 있더라고."

"재밌네. 우리 삶은 항상 연결되어 있다는 의미

인가?"

"그냥 자기 책 홍보하고 싶어서 그런 건지도 모르지."

킥킥거리며 개구쟁이처럼 웃는 Y에게 나는 조금씩 마음이 흔들렸다. 진지하다가도 엉뚱하고, 매섭다가도 순수한. 그런 Y의 세계는 볼수록 다채로웠다.

그런데 Y를 좋아하는 감정이 강하게 들 때마다 마음의 저 밑바닥에선 불안이 올라왔다.

언제부터였을까. 누군가를 좋아하면 마음이 혼탁해지는 것이. 좋아하는 마음을 가지고 나아가면 되는데, 마음 어디선가 이 감정을 짓누른다. 마치 금지된 일을 하려는 것처럼.

사실 Y를 좋아한다고 생각할 때마다 그녀가 사무치도록 생각났다.

그녀에 대한 미련도 아니고 그렇다고 거창한 추억이 있는 것도 아닌데 말이다. 죄책감 때문일까? 새로운 설렘과 지나간 죄책감이 뒤섞여 감정이 뒤죽박죽이다. 나는 왜 아직도 그녀에게 얽매여 있는지. 나 자신을 이해할 수 없었다. Y가 다가오는 게 두렵다. 그래서 바쁘단 핑계로 Y의 연락을 계속 피하고 있다.

보통의 연애 #10

    갑작스러운 지인의 부친상에 부랴부랴 장례식장으로 향했다. 영정 앞에 국화꽃 한 송이를 놓고 절을 한 후 지인을 잠시 위로했다. 아는 사람들이 거의 없어 그만 가야겠다고 생각할 때, 어디선가 아이의 웃음소리가 났다. 그리고 이내 익숙한 목소리가 들렸다.

    "쉿. 조용해야지."

    아이는 아랑곳하지 않고 계속 깔깔댔다.

    '그녀다. 그리고 그녀의 아이다. 그리고 그녀의 남편이다.'

    헤어지고 삼 년 만이다. 대략 소식은 들었는데

예상치도 못한 곳에서 만났다. 우리는 눈이 마주쳤고, 그녀는 남편에게 아이를 맡기며 조심스럽게 내게 다가왔다.

"잘 지내지?"
"응. 잘 지내. 소식은 들었어. 아이 많이 컸네."
"그렇지."

이내 아이의 울음소리가 들렸다.

"나 가 봐야겠다. 잘 지내고."
"응. 그래. 얼른 가 봐. 잘 지내고."

나는 조용히 그녀의 아이를 바라봤다. 그들의 안정되고 따뜻한 모습을 보니 이제 마음속에 곪아 굳어 버린 응어리가 풀어지는 기분이다. 그녀에게 나는 어떤 존재로 남아 있을지는 모르겠지만, 비로소 내게 묶여 있던 그녀를 보내 줄 수 있을 거 같았다.
'안녕.'

*

장례식장에서 나오면서 Y에게 전화를 걸었다.

"오늘 날씨 참 좋다. 우리 잠깐 볼까?"
"지금 어디야?"
"장례식장. 지금 집 앞으로 갈게. 삼십 분이면 갈
거야."

나는 또다시 새로운 사랑을 하며 아파하거나 상
처를 줄지도 모른다. 그리고 후회에 시달릴지도 모
른다. 혹은 시작도 전에 거절을 당해 아파할지도 모
른다. 하지만 이제는 과거를 핑계 대며 도망가지 않
으려 한다. 지금의 감정에 최선을 다해 솔직해지고
싶다.

우리는 지난 시간을 토대로 다시 살아간다.
그리고 이것이 우리의 '보통의 삶'일지도.

엄지손가락의 장례

나는 기어이 엄지손가락을 잘라 냈다. 오랜 시간 모든 감정을 꾹꾹 눌러 대던 엄지손가락을.

어둠 속에선 희미한 빛을 눌렀고, 빛 속에선 희망을 눌렀으며, 사랑 속에선 사랑을 눌렀던 엄지손가락. 잘린 엄지손가락은 나를 보며 말했다.

"너는 날 잘라 낸 것을 평생 후회할지도 몰라."

"맞아. 후회할지도 모르지. 하지만 상처를 받고 초라해질지라도 모든 감정이 오롯 내가 되고 싶어."

"착각하지 마. 내가 없더라도 다른 손가락이 나를 대신할 거야."

"그럴지도 모르지. 하지만 나의 모든 신체를 잘라내더라도 모든 순간이 진심이고 싶어."

항상 명치에 걸려 있던 감정의 체. 안으로만 품었던 진심이 처음 밖으로 쏟아져 나왔다.

우리는 지금까지 너무 많은 것들을
끌어안거나 놓아 버리며 살았는지도 모른다.

에필로그

에필로그는
『턱걸이를 했는데 배가 겁나 당긴다』가
독립출판물로 출간되었을 때,
함께 책을 만들었던 '디자이너 강소금'과의 이야기다.

띠동갑 강소금

　디자이너 강소금과 나는 머리부터 발끝까지 맞는 것이 하나도 없다. 성격, 인간관계 방식, 연애관, 옷 스타일 등 비슷한 구석이 어쩜 하나도 없는지. 어떻게 지금까지 친하게 지내는지 의문이다. 우리는 매번 만날 때마다 대화 말미에 서로 답답해하며 대놓고 말한다. "진짜 우린 존나 안 맞아." 그러면서도 같이 낄낄거리며 많은 술을 마셨고 담배를 태웠다.

　강소금과 나는 열두 살 차이가 난다. 보통 사람들이 생각하는 친구 사이치고는 확실히 나이 차가 많다. 주변에서도 신기해했다. 띠동갑인데 어떻게 거리낌 없이 지내냐며. 그러나 우리는 나이 차이를 잊은 지 오래다. 사실 첫 만남부터 그랬을지도 모른다. 그녀에게 나는 그냥 호칭만 오빠일 뿐 오빠 취급 따위 없다. 우리를 통해, 친구란 나이 차가 중요하지 않음을 단적으로 보여 준다.

강소금을 한 문장으로 표현하자면 '누구보다 직설적이고 당차며 감정에 솔직한 사람'이다. 매사 모든 것에 애매한 인간인 나와 상극일 수밖에.

상극인 우리가 잘 지낼 수 있는 비결이 무엇이냐고 물어보신다면 같은 특기를 가지고 있다고 말할 수 있다. 바로, 서로의 말을 한 귀로 듣고 한 귀로 흘린다는 것. 그리고 주워 담을 말만 주워 담는 것. 주워 담을 필요 없는 나머지 말은 비난과 함께 놀림으로 되돌려 준다. 그럼 우리는 다시 되돌려 받은 말을 한 귀로 듣고 한 귀로 흘린다. 그리고 다시 낄낄거리며 술을 마시고 담배를 태운다.

우리는 서로를 맞추려 하지도, 그렇다고 바꾸려 하지도 않는다. 그냥 있는 그대로 받아들인다. 뭐 그렇다고 '존중'이라는 단어를 쓰기에는 서로 오그라

들고 낯 뜨겁다. 인간은 쉽게 바뀌지 않으며 상대를 바꾸려 하는 짓은 오만이라는 것 정도는 알기 때문에 지금까지 우리는 함께할 수 있었다.

원래 『턱걸이를 했는데 배가 겁나 당긴다』 책은 페이지 중간중간마다 일러스트가 들어갈 계획이었다. 인쇄 스케줄이 짧아 강소금이 며칠 밤을 새우며 고생했다. 미안하고 고마웠다. 그러나 일러스트를 받아 봤는데 분명 매력적이었지만 내가 원하던 스타일이 아니었다. 스케줄이 너무 짧아서 서로 피드백할 시간이 없었던 것이다. 순간 등에서 땀이 났다. 다음 날이 인쇄 파일 넘기는 날인데 이를 어쩌지. 다시 요청할 수도 없고, 그렇다고 눈 딱 감고 넣기에는 나중에 두고두고 후회할 거 같고. 어떻게 해야 할지 한참 고민했다. 나는 결심을 하고 강소금에게 문자 메시지를 보냈다.

– 소금아. 진짜 진짜 미안한데 우리 이번에 일러스트 다 빼고 글로만 가자. 너무 미안해서 지금 등에

서 땀이 나.

  - 와 씨, 어제도 밤새웠는데, 오케이 알겠어. 어
쩔 수 없지.

  - 진짜 진짜 미안해.

  - 괜찮아. 디자인 업계 쪽에서는 자주 있는 일이
야. 신경 쓰지 마.

  - 너무 미안해서 그렇지.

  - 차라리 솔직히 말해 준 게 고마워.

  그녀의 성격을 알기에 살짝 걱정했지만 역시 쿨
한 강소금이었다. 그래도 나중에 만나면 쌍욕은 먹
겠지. 약간 안도를 하며 나중에 술로 달래 줘야겠다
고 생각했다. 그나저나 거절할 수 있는 용기가 어디
서 났는지. 평소의 나라면 나를 위해 고생한 상대에
게 미안해서 절대 하지 못할 솔직함이었다. 같이 놀
다 보니 강소금의 솔직함이 옳은 걸까? 솔직히 말해
도 떠나지 않을 친구라는 것을 알기 때문일까? 기분
나쁠 일일지라도 솔직히 말해 준 상대에게 솔직히
말해 줘서 고맙다고 웃으며 말할 수 있는 사람이 우

리 주변에 얼마나 있을지. 나는 인복이 참 많다.

가끔 그런 생각이 든다. 우리가 같은 나이였다면 조금이라도 맞는 구석이 있었을까? 아무리 생각해도 내가 열두 살이 어려져 강소금과 동갑이 되더라도 우리는 역시 절대 맞지 않을 거라 확신한다. 그러나 우리는 다시 친구가 될 거란 것도 확신한다.

녹진한 이종혁

이 글은 강소금의 답글이다. 마치 교환 일기처럼

이종혁은 애매한 인간이다. 매사 정확한 걸 추구
하는 나와 상극인 셈. 어디 그뿐일까. 물건을 아무 데
나 휙휙 던져 놓고 매번 잃어버리는 나와 달리, 이종
혁은 껌 한 통도 꼭 제자리에 놓는 습관을 갖고 있
으며, 술을 마시다 물이라도 쏟으면 휴지를 대충 던
져놓는 나와 달리, 이종혁은 물 한 방울 용납지 않고
싹싹 닦는다. 나는 그런 그를 볼 때마다 혀를 내두르
며 고개를 절레절레.

"와 씨, 우린 진-짜 안 맞아."
"내가 할 소리."

그나마 우리에게 공통점이라고는 딱 하나다. '쥐
띠'라는 점. 그것 말고는 아무것도 없다. 이토록 반대

성향임에도 그와 내가 꽤 오랜 시간 동안 '열두 살 차이 나는 친구'로 지낼 수 있었던 이유는 두 가지 정도다.

첫 번째는 술. 정확히 말하면 소주인데 세 병을 마시는 내가, 한 병만 마셔도 얼굴이 시뻘게지는 이종혁과 어떻게 그리 많은 술자리를 가졌는지 지금 생각해 봐도 의문이다. 하지만 우린 그랬다. 안 맞는 다고 투덜대면서도 만나면 할 애기가 뭐 그리 많은 지 원. 술 올라 시뻘게진 얼굴로 가벼운 이야기부터 저 속 깊은 이야기까지 폭넓고 질 좋은 대화를 참 많 이도 나눴다.

나는 유난히 내 솔직한 성격에 고민이 많은 사람 이었다. 이종혁은 그 부분을 최고의 장점으로 꼽아 주지만, 솔직함이란 본래 장점이었다가도 순식간에 단점으로 돌변하는 양날의 검 같은 거니까. 고민을 털어놓던 내게 이종혁은 말했다.

"넌 솔직하지만 무례한 사람은 아니야. 그리고 네 옆에 있을 사람이면 무슨 일이 생겨도 결국 네 옆에 남아 있어."

그 말은 아직도 내게 녹진하게 남아 있다. 나를 더욱 무례하지 않은 사람으로, 적당한 선에 서 있는 사람으로 살게 한다. 이 때문에 두 번째 이유가 나를 있는 그대로 인정해 주는 사람이라는 점이 되었다. 서로를 바꾸려 하지 않는다는 것. 서로가 이해되지 않을 땐 그저 장난스러운 한숨 한번 푹 쉬며 헛웃음 짓는 것. 그것이 머리부터 발끝까지 단 하나도 맞지 않는 우리가 아직도 친구인 이유다.

자기 사람들을 챙기며 적당한 위치에서 '허허' 웃는 좋은 사람. 그가 이 책을 준비하던 꽤 오랜 시간 동안 우리는 많은 술을 마시고 많은 담배를 태웠다. 묵혀 두고 묵혀 두던 글, 그 속에는 그가 사랑하고, 수다를 떨고, 좌절하던 모든 시간이 고스란히 녹아 있다. 부드럽고 끈끈한 그는 자신을 애매한 이종

혁이라 칭하지만, 나는 그에게 '녹진한 이종혁'이라
는 새로운 별칭을 지어 주고 싶다.

녹진한 이종혁 씨, 곧 만나서 술 한잔합시다.

스물여덟 마흔

드라마 '스물하나 스물다섯'에서 영감을 받아 지은건데
느낌이 완전히 다르다.

2023년 올해, 나는 한국 나이로 마흔이 되었어. 우리가 띠동갑이니까 너는 스물여덟이겠다. 스물여덟과 마흔. 생각해 보면 열두 살 차이끼리 친구로 지낸다는 것은 흔치 않은 일일 거야. 우리가 알고 지낸지 5년 가까이 됐나? 짧으면 짧고 길면 긴 기간이지. 1년 이상 관계를 유지 못 하는 사람들도 수두룩하니까. 무엇보다 서로 성격이 상극인데 아직까지 친밀한 관계를 유지하고 있다는 것이 신기할 따름이야.

그동안 우리가 많은 술을 마시고 담배를 태우고 시시껄렁한 농담부터 진지한 대화까지 하며 싸우는 동안, 나는 우리의 나이를 잊어버렸어. 마치 처음부터 나이라는 것이 존재하지 않은 것처럼 말이야. 강소금과 이종혁의 관계는 존재하지만, 스물여덟 강소금과 마흔 이종혁의 관계는 존재하지 않듯이. 물론 가끔 추억에 빠져 서로의 어렸을 때 이야기를 할 때면 확실히 세대 차이가 느껴지지만, 그것은 우리의 사이를 멀어지게 만드는 것이 아니라 오히려 안줏거리가 되어서 더욱 낄낄거리는 사이로 만들었지(설마 나만 그렇게 생각하는 건 아니겠지? 갑자기 확신이 없어지네).

이 글을 쓰면서 나의 스물여덟을 생각해. 그때의 나는 무엇을 했고 어떻게 살았는지. 그리고 너와 비교해. 스물여덟의 나와 너는 어디가 닮았고 어디가 다른지. 물론 너의 내면까지 정확히 안다고는 할 수 없지만, 그래도 지금까지 애정을 가지고 너를 마주했던 시간을 믿으며 비교해 봤어. 아마도 닮은 점은, 치열하게 일했고 치열하게 술을 마셨고 치열하게 담배를 태웠다는 점. 다른 점은, 나는 집에서 독립을 못했고 너는 서울에 독립을 했고, 나는 사랑에 실패했고 너는 사랑을 하고 있고. 나는 본업인 건축 일밖에

몰라 회사에만 머물렀다면, 너는 본업인 디자인 일
도 하면서 프리랜서로 일을 병행하며 다양한 사람들
과 다채로운 일들을 하고도 심지어 소설과 에세이도
썼지. 막상 이렇게 비교해 보니까 나의 스물여덟은
생각보다 별 볼 일 없는 인간 같네.

　나는 이십 대부터 삼십 대 중반까지, 거의 모든
시간을 회사에서 보냈어. 주말 없이 만날 야근하고
철야하고 밤새고(그 시절 건축 설계업은 주말까지 야
근·철야·밤샘을 당연시하던 시절이었어. 오히려 정시에
퇴근하면 그 건축사사무소는 뭔가 이상한 회사라고 생각
할 정도로), 그러다가 가끔 주말에 쉬면 기껏해야 친
구들이랑 술이나 마시고 게임이나 했지. 그렇게 주
말이 지나면 또다시 야근을 하고 철야를 하고 담배
를 태우고 술을 마시고.

　사실 나는 나에게 주어진 삶을 방치했다는 게 맞
을지도 몰라. 모든 시간과 세상이 멍했고, 깊고 어두
운 우물에 갇힌 것처럼 나의 세계는 좁았고, 마음의
평안은 존재하지 않은 것처럼 매 순간 불안했어. 누

가 보면 비전 있는 사람처럼 착각할 정도로 굉장히 바쁘고 정신없이 살았지만, 사실 별로인 삶을 산 거 같아. 물론 나에게는 어떠한 선택권이 없었긴 해. 선택이라고는 사직서를 내는 것뿐. 솔직히 그 선택을 할 용기도 없었지. 아! 뜬금없겠지만, 순간 그 시절 치과에 갔던 기억이 났어. 검진을 받아 보니까 썩은 이가 열한 개더라. 의사 선생이 어떻게 이 지경이 될 때까지 방치했냐고 뭐라 하더라. 그만큼 내 몸과 삶을 충실히 살피지 못했어. 지금 생각해 보니, 나 자신에게 미안해지네.

나는 띠동갑인 너와 친구가 되면서 오히려 더욱 성숙해진 거 같아(물론 너는 안 믿겠지만). 사람을 대하는 마음과 자신을 대하는 태도까지. 흔히 나이가 많은 사람이나 성공한 사람을 만나야 많은 것을 배우고 성장을 한다고 하잖아? 나는 그 의견에 완전히 동의하지 않아. 물론 뭐라도 배우긴 하겠지만. 결국 완벽하지 않은 인간들이 서로를 보완하며 맺어 가는 과정에서 성숙해진다고 봐. 너무 다른 사람들이 만나 서로를 맞춰 가고 이해하면서 때론 싸우고 풀면서 긴밀한 관계가 되어 가는 것. 그리고 포기할 수밖에 없는 건 포기하는 용기. 아직은 인간의 다정함이 존재한다는 믿음. 자신의 옹졸함을 인정하는 태도. 늘 그런 과정에서 무언가 배워. 나는 이 과정에서 무엇을 배웠을까? 정확히 결과물이 이렇다고 말할 수는 없지만 분명 나는 한 단계 나아졌다고 확신은 해. 물론 아직도 경솔한 부분이 많지만. 뭐 이 정도면 옛날의 나보다 많이 발전한 거지.

    나는 너를 대할 때면 늘 마음이 가벼워. 다른 사람들을 만날 때면 늘 마음이 무겁고 온 신경이 곤두서 있는데 말이야. 한 명만 만날 때면 그것대로 무겁고, 여러 명이 만날 때면 그것 나름대로 버겁지. 말 한마디 행동 하나 실수해서 상대를 불쾌하게 만들지 않을까, 나의 오지랖이 상대에게 부담이 가지 않을까, 뭐든지 선을 넘지 않을까, 하고. 설사 실수라도 하면 며칠을 앓아. 내가 왜 그랬을까 하면서. 하지만 아무리 노력해도 결국 또 실수를 하고 말아. 사실 이렇게라도 하지 않았으면 많은 사람들이 떠나갔을 거야. 난 확신할 수 있어. 내 적나라한 민낯은 내가 가장 잘 아니까.

왜 유독 너를 대할 때면 늘 마음이 가벼울까? 아무래도 너에게는 나의 후진 단점을 과감히 드러낼 수 있어서 그런 거 같아. 만날 쓸데없는 농담이나 하고, 아무 데서고 배나 긁으면서 바지를 추켜올리며 아저씨 같은 행동이나 하고, 원고 마감 약속은 늘 안 지키고, 생각은 한없이 가볍고, 어른스러운 모습은 하나도 없고, 이중적이고 편협한 생각들로 가득하고…. 다른 사람들이었으면 나를 꺼리면서 떠나가겠지(진짜로 떠나간 사람도 몇몇 있고). 하지만 너는 아직까지 내 곁에 남아 주었어. 있는 그대로를 이해해 주었어. 아니 이해가 아니고 그냥 받아들인 거겠지. 아마도 우리는 평생 이해하는 사이는 아닐 거야. 포기하는 사이지. 포기한 만큼 애정을 채워서 지금까지 왔던 거 같아. 그래서 너에게는 누구보다 꽤 솔직한 사람이 돼. 너 알지? 나 생각보다 가면을 잘 쓰고, 매사에 애매한 인간이라는 거. 그렇다고 우리가 서로에게 솔직함을 강요하는 것도 아닌데 말이야. 너와 나는 처음부터 솔직했을까? 절대 아니라고 봐. 서로 존중의 시간과 마음이 쌓여 점점 솔직한 마음이 흘러 들어오고 나가는 거겠지. 그래서 가끔 그런 생각이 들어. 너 같은 친구가 같은 동네에 한 명만 더 있었으면 좋겠다고. 그랬으면 지금보다 좀 더 풍족한 삶이 되지 않았을까?

아무튼 올해는 이상한 해가 될 거 같아. 2023년 6월 말부터는 만 나이 법 시행으로 마흔에서 다시 서른여덟이 되거든. 내 생일은 7월이니까 한 달 뒤에는 서른아홉이 되겠다. 솔직히 의미 없는 일이지만, 은근 안도를 했어. 아직은 삼십 대구나, 하고. 올해 1월부터는 사십 대였다가 다시 삼십 대가 되는, 뭔가 나에게 유효기간을 주는 기분이야. 마치 세상이 나에게 "너는 아직 사십 대가 되기에는 자격이 없으니까 조금 유효기간을 주겠다."라고 하는 기분이랄까? 사십 대의 무게를 살짝 간 좀 봐 보고 철 좀 들으라는 느낌. 하지만 내가 뭐 그렇다고 철이 들겠어? 세상은

156

날 너무 과대평가했어. 나는 그냥 지금까지와 다름
없이 내가 하고 싶은 일, 흥미 있는 일들을 사부작사
부작하면서 살 거야. 뭐가 되었든 그렇게 사는 거지
뭐. 철은 나중에 들래.

PS. 이 글을 다시 읽는데 너무 오글거린다.

교환 일기는 이것이 마지막인 걸로 하자.

이종혁

사람들에게는 유연하게 살아야 한다고 말하지만, 정작 자신은 전혀 유연하지 못하다. 인간관계는 적당한 거리를 유지해야 한다고 말하지만, 사실 이러지도 저러지도 못해 우물쭈물하다 보니 어느새 적당한 위치에 서 있는 사람으로 보였다.

그렇게 말하는 대로 살지 못하는 인간이지만 그래도 그럴싸한 말을 많이 하려고 노력한다. 언젠가 변할 수 있다는 희망을 품고서.

턱걸이를 했는데 배가 겁나 당긴다

2023년 10월 20일 1판 1쇄 발행

지 은 이 이종혁

발 행 인 이상영

편 집 장 서상민

편 집 인 이상영

디 자 인 서상민, 장소희

교정·교열 신희정

마 케 팅 이인주

펴 낸 곳 디자인이음

등 록 일 2009년 2월 4일 : 제300-2009-10호

주   소 서울시 종로구 효자동 62

전   화 02-723-2556

메   일 designeum@naver.com

blog.naver.com/designeum

instagram.com/design-eum